LE DINER DE TROP

错宴

Ismail Kadaré

[阿尔巴尼亚] 伊斯梅尔·卡达莱 / 著

余中先 / 译

修订版

南方出版传媒
花城出版社
中国·广州

图书在版编目（CIP）数据

错宴 /（阿尔巴）伊斯梅尔·卡达莱著；余中先译. — 2版. — 广州：花城出版社，2018.9
（蓝色东欧 / 高兴主编. 第1辑）
ISBN 978-7-5360-8045-4

Ⅰ. ①错… Ⅱ. ①伊… ②余… Ⅲ. ①长篇小说－阿尔巴尼亚－现代 Ⅳ. ①I541.45

中国版本图书馆CIP数据核字(2018)第022748号

合同版权登记号：图字19-2017-107号
LE DINER DE TROP
Copyright 2009, Librairie Arthème Fayard
All rights reserved

出 版 人：詹秀敏
丛书策划：朱燕玲 孙虹
出版统筹：李倩倩 夏显夫 欧阳佳子
责任编辑：夏显夫
技术编辑：薛伟民 凌春梅
装帧设计：棱角视觉 ANGULAR VISION
封面供图：子夏

书　　名	错宴 CUO YAN
出版发行	花城出版社（广州市环市东路水荫路11号）
经　　销	全国新华书店
印　　刷	恒美印务（广州）有限公司（广州南沙经济技术开发区环市大道南路334号）
开　　本	880毫米×1230毫米 32开
印　　张	7.375 2插页
字　　数	146,000字
版　　次	2012年1月第1版 2018年9月第2版 2018年9月第2版第1次印刷
定　　价	35.00元

本书中文专有出版权归花城出版社独家所有，非经本社同意不得连载、摘编或复制。
如发现印装质量问题，请直接与印刷厂联系调换。
购书热线：020-37604658　37602954
欢迎登陆花城出版社网站：http://www.fcph.com.cn

错宴

目 录
CONTENTS

记忆，阅读，另一种目光（总序）/ 高兴 / 1
错误的盛宴，漂浮着献祭者的魂灵（中译本前言）/ 余中先 / 1

第一章 / 1
第二章 / 9
第三章 / 20
第四章 / 31
第五章 / 51
第六章 / 63
第七章 / 80
第八章 / 97
第九章 / 115
第十章 / 139
第十一章 / 154
第十二章 / 175
第十三章 / 190

记忆，阅读，另一种目光

（总序）

高兴

昆德拉说过："人的一生注定扎根于前十年中。"我想稍稍修改一下他的说法："人的一生注定扎根于童年和少年中。"童年和少年确定内心的基调，影响一生的基本走向。

不得不承认，二十世纪五六十年代出生的人都有着不同程度的俄罗斯情结和东欧情结。这与我们的成长有关，与我们的童年、少年和青春岁月有关。而那段岁月中，电影，尤其是露天电影又有着怎样重要的影响。那时，少有的几部外国电影便是最最好看的电影，它们大多来自东欧国家，几乎吸引了所有人的目光，是我们童年的节日。在某种意义上，甚至可以说，它们还是我们的艺术启蒙和人生启蒙，构成童年最温馨、最美好和最结实的部分。

还有电影中的台词和暗号。你怎能忘记那些台词和暗号。它们已成为我们青春的经典。最最难忘的是《瓦尔特保卫萨拉热窝》。"'空气在颤抖,仿佛天空在燃烧。''是啊,暴风雨来了。'""看,这座城市,它就是瓦尔特。"简直就是诗歌。是我们接触到的最初的诗歌。那么悲壮有力的诗歌。真正有震撼力的诗歌。诗歌,就这样和英雄主义和浪漫主义,紧紧地连接在了一道。

还有那些柔情的诗歌。裴多菲,爱明内斯库,密茨凯维奇。要知道,在二十世纪七八十年代,读到他们的诗句,绝对会有触电般的感觉。而所有这一切,似乎就浓缩成了几粒种子,在内心深处生根,发芽,成长为东欧情结之树。

然而,时过境迁,我们需要重新打量"东欧"以及"东欧文学"这一概念。严格来说,"东欧"是个政治概念,也是个历史概念。过去,它主要指波兰、捷克斯洛伐克、匈牙利、罗马尼亚、保加利亚、南斯拉夫、阿尔巴尼亚七个国家。因此,在当时,"东欧文学"也就是指上述七个国家的文学。这七个国家,加上原先的东德,都曾经是以苏联为首的华沙条约组织的成员。

一九八九年底,东欧发生剧变。此后,苏联解体,华沙条约组织解散,捷克和斯洛伐克分离,南斯拉夫各共和国相继独立,所有这些都在不断改变着"东欧"这一概念。而实际情况是,波兰、捷克、匈牙利、罗马尼亚等国家甚至都不再愿意被称为东欧国家,它们更愿意被称为中欧或中南欧国家。同样,不少上述国家的作家也竭力抵制和否定这一概念。在他们看来,东欧是个高度政治化、笼统化的概念,对文学定位和评判,不太有利。这是一种微妙的姿态。在这种姿态中,民族自尊心也发挥着不可估量的作用。

但在中国,"东欧"和"东欧文学"这一概念早已深入人心,有广泛的群众和读者基础,有一定的号召力和亲和力。因此,继续使用"东欧"和"东欧文学"这一概念,我觉得无可厚非,有利于研究、译介和推广这些特定国家的文学作品。事实上,欧美一些大学、研究中心也还在继续使用这一概念。只不过，今日，当我们提到这一概念，涉及的就不仅仅是七个国家，而应该包含更多的国家：立陶宛、摩尔多瓦等独联体国家，还有波黑、克罗地亚、斯洛文尼亚、塞尔维亚、黑山等从南斯拉夫联盟独立出来的国家。我们之所以还能把它们作为一个整体来谈论，是因为它们有着太多的共同点：都是欧洲弱小国家，历史上都曾不断遭受侵略、瓜分、吞并和异族统治，都曾把民族复兴当作最高目标，都是到了十九世纪末二十世纪初才相继获得独立，或得到统一，第二次世界大战后都走过一段相同或相似的社会主义道路，一九八九年后又相继推翻了共产党政权，走上了资本主义发展道路。之后，又几乎都把加入北约、进入欧盟当作国家政策的重中之重。这二十年来，发展得都不太顺当，作家和文学都陷入不同程度的困境。用饱经风雨、饱经磨难来形容这些国家，十分恰当。

换一个角度，侵略，瓜分，异族统治，动荡，迁徙，这一切同时也意味着方方面面的影响和交融。甚至可以说，影响和交融，是东欧文化和文学的两个关键词。看一看布拉格吧。生长在布拉格的捷克著名小说家伊凡·克里玛，在谈到自己的城市时，有一种掩饰不住的骄傲："这是一个神秘的和令人兴奋的城市，有着数十年甚至几个世纪生活在一起的三种文化优异的和富有刺激性的混合，从而创造了一种激发人们创造的空气，即捷克、德国和犹太文化。"[①]

克里玛又借用被他称作"说德语的布拉格人"乌兹迪尔的笔为我们描绘了一个形象的、感性的、有声有色的布拉格。这是一个具有超民族性的神秘的世界。在这里，你很容易成为一个世界主义者。这里有幽静的小巷、热闹的夜总会、露天舞台、剧院和形形色色的小餐馆、小店铺、小咖啡屋和小酒店。还有无数学生社团和文艺沙龙。自然也有五花八门的妓院和赌场。布拉格是敞开的，是包容的，是休闲的，是艺术的，是世俗的，有时还是颓废的。

[①] 见伊凡·克里玛《布拉格精神》第44页，崔卫平译，作家出版社1998年版。

布拉格也是一个有着无数伤口的城市。战争、暴力、流亡、占领、起义、颠覆、出卖和解放充满了这个城市的历史。饱经磨难和沧桑，却依然存在，且魅力不减，用克里玛的话说，那是因为它非常结实，有罕见的从灾难中重新恢复的能力，有不屈不挠同时又灵活善变的精神。如果要用一个词来形容布拉格的话，克里玛觉得就是：悖谬。悖谬是布拉格的精神。

或许悖谬恰恰是艺术的福音，是艺术的全部深刻所在。要不然从这里怎会走出如此众多的杰出人物：德沃夏克，雅那切克，斯美塔那，哈谢克，卡夫卡，布洛德，里尔克，塞弗尔特，等等。这一大串的名字就足以让我们对这座中欧古城表示敬意。

布拉格如此，萨拉热窝、华沙、布加勒斯特、克拉科夫、布达佩斯等众多东欧城市，均如此。走进这些城市，你都会看到一道道影响和交融的影子。

在影响和交融中，确立并发出自己的声音，十分重要。不少东欧作家为此做出了开拓性和创造性的贡献。我们不妨将哈谢克和贡布罗维奇当作两个案例，稍加分析。

说到捷克作家哈谢克，我们会想起他的代表作《好兵帅克》。以往，谈论这部作品，人们往往仅仅停留于政治性评价。这不够全面，也容易流于庸俗。《好兵帅克》几乎没有什么中心情节，有的只是一堆零碎的琐事，有的只是帅克闹出的一个又一个的乱子，有的只是幽默和讽刺。可以说，幽默和讽刺是哈谢克的基本语调。正是在幽默和讽刺中，战争变成了一个喜剧大舞台，帅克变成了一个喜剧大明星，一个典型的"反英雄"。看得出，哈谢克在写帅克的时候，并没有考虑什么文学的严肃性。很大程度上，他恰恰要打破文学的严肃性和神圣感。他就想让大家哈哈一笑。至于笑过之后的感悟，那就是读者自己的事情了。这种轻松的姿态反而让他彻底放开了。借用帅克这一人物，哈谢克把皇帝、奥匈帝国、密探、将军、走狗等等统统给骂了。他骂得很过瘾，很解气，很痛快。读者，尤其是捷克读者，读得也很过瘾，很解气，很痛快。幽默和讽刺于是又变成了一件有力的武器，特别适用于捷克这么一个弱小的民族。哈谢克最大的贡献也正在于此：为捷克民族和捷克文学找到了一种声音，确立了一种传统。

而波兰作家贡布罗维奇与哈谢克不同，恰恰是以反传统而引起世人瞩目的。他坚决主张让文学独立自主。在二十世纪三四十年代，贡布罗维奇的作品在波兰文坛显得格外怪异离谱，他的文字往往夸张扭曲，人物常常是漫画式的，他们随时都受到外界的侵扰和威胁，内心充满了不安和恐惧，像一群长不大的孩子。作家并不依靠完整的故事情节，而是主要通过人物荒诞怪僻的行为，表现社会的混乱、荒谬和丑恶，表现外部世界对人性的影响和摧残，表现人类的无奈和异化以及人际关系的异常和紧张。长篇小说《费尔迪杜凯》就充分体现出了他的艺术个性和创作特色。

捷克的赫拉巴尔、昆德拉、克里玛、霍朗，波兰的米沃什、赫贝特、希姆博尔斯卡，罗马尼亚的埃里亚德、索雷斯库、齐奥朗，匈牙利的凯尔泰斯、艾什特哈兹，塞尔维亚的帕维奇、波帕，阿尔巴尼亚的卡达莱……如此具有独特风格和魅力的当代东欧作家实在是不胜枚举。

某种程度上，东欧曾经高度政治化的现实，以及多灾多难的痛苦经历，恰好为文学和文学家提供了特别的土壤。没有捷克经历，昆德拉不可能成为现在的昆德拉，不可能写出《可笑的爱》《玩笑》《不朽》和《难以承受的存在之轻》这样独特的杰作。没有波兰经历，米沃什也不可能成为我们所熟悉的将道德感同诗意紧密融合的诗歌大师。但另一方面，需要注意的是，由于语言的局限以及话语权的控制，东欧文学也极易被涂上浓郁的意识形态色彩。应该承认，恰恰是意识形态色彩成全了不少作家的声名。昆德拉如此。卡达莱如此。马内阿如此。赫尔塔·米勒亦如此。我们在阅读和研究这些作家时，需要格外地警惕。过分地强调政治性，有可能会忽略他们的艺术性和丰富性。而过分地强调艺术性，又有可能会看不到他们的政治性和复杂性。如何客观地、准确地认识和评价他们，同样需要我们的敏感和平衡。

一个美国作家，一个英国作家，或一个法国作家，在写出一部作品时，就已自然而然地拥有了世界各地广大的读者，因而，不管自觉与否，他，或她，很容易获得一种语言和心理上的优越感和骄傲感。这种感觉东欧作家难以体会。有抱负的东欧作家往往会生出一种紧迫感和危机感。他们要用尽全力将弱势转化为优势。昆德拉就反复强调，身处小国，你"要么做一个可怜的、眼光狭窄的人"，要么成为一个广闻博识的"世界性的人"。别无选择，有时，恰恰是最好的选择。因此，东欧作家大多会自觉地"同其他诗人，其他世界，和其他传统相遇"（萨拉蒙语）。昆德拉、米沃什、齐奥朗、贡布罗维奇、赫贝特、卡达莱、萨拉蒙等等东欧作家都最终成为"世界性的人"。

关注东欧文学，我们会发现，不少作家，基本上，都在出走后，都在定居那些发达国家后，才获得一定的国际声誉。贡布罗维奇、昆德拉、齐奥朗、埃里亚德、扎加耶夫斯基、米沃什、马内阿、史克沃莱茨基等等都属于这样的情形。各种各样的原因，让他们选择了出走。生活和写作环境、意识形态原因、文学抱负、机缘等，都有。再说，东欧国家都是小国，读者有限，天地有限。

在走和留之间，这基本上是所有东欧作家都会面临的问题。因此，我们谈论东欧文学，实际上，也就是在谈论两部分东欧文学：海外东欧文学和本土东欧文学。它们缺一不可，已成为一种事实。

在我国，东欧文学译介一直处于某种"非正常状态"。正是由于这种"非正常状态"，在很长一段岁月里，东欧文学被染上了太多的艺术之外的色彩。直至今日，东欧文学还依然更多地让人想到那些红色经典。阿尔巴尼亚的反法西斯电影，捷克作家伏契克的《绞刑架下的报告》，保加利亚的革命文学，都是典型的例子。红色经典当然是东欧文学的组成部分，这毫无疑义。我个人阅读某些红色经典作品时，曾深受感动。但需要指出的是，红色经典并不是东欧文学的全部。若认为红色经典就能代表东欧文学,那实在是种误解和误导,是对东欧文学的狭隘理解和片面认识。因此,用艺术目光重新打量、重新梳理东欧文学已成为一种必须。为了更加客观、全面地翻译和介绍东欧文学,突出东欧文学的艺术性,有必要颠覆一下这一概念。蓝色是流经东欧不少国家的多瑙河的颜色,也是大海和天空的颜色,有广阔和博大的意味。"蓝色东欧"正是旨在让读者看到另一种色彩的东欧文学,看到更加广阔和博大的东欧文学。

二〇一三年十月三十一日定稿于北京

主编简介:高兴,诗人、翻译家,一九六三年出生于江苏省吴江市。中国作家协会会员。现为中国社会科学院外国文学研究所研究员,《世界文学》主编。曾以作家、翻译家、外交官和访问学者身份游历过欧美数十个国家。出版过《米兰·昆德拉传》《东欧文学大花园》《布拉格,那蓝雨中的石子路》等专著和随笔集;主编过《二十世纪外国短篇小说编年·美国卷》(上、下册)、《伊凡·克里玛作品系列》(5卷)、《水怎样开始演奏》、《诗歌中的诗歌》、《小说中的小说》(2卷)等大型图书。主要译著有《梵高》《黛西·米勒》《雅克和他的主人》《可笑的爱》《安娜·布兰迪亚娜诗选》《我的初恋》《索雷斯库诗选》《梦幻宫殿》《托马斯·温茨洛瓦诗选》等。

错误的盛宴，漂浮着献祭者的魂灵

(中译本前言)

余中先

一

伊斯梅尔·卡达莱（1936— ）的名字，我是早早就听闻了的。在阿尔巴尼亚还被中国人称为"欧洲社会主义的明灯"的那个时代，我的印象中，他就是"山鹰之国"最有名的作家之一。后来，中国"文革"结束，开始改革开放，中阿关系不再是"兄弟般"的，从那时候起，我们就不那么关注阿尔巴尼亚文学。很自然地，文学家和爱好者们把注意力集中到意识流、存在主义文学、新小说、荒诞戏剧、黑色幽默、拉美文学爆炸等西方现当代的主流文学上，卡达莱的名字则渐渐地从我们的视野中淡出。

直到新世纪，我们方才得知，这位大名鼎鼎的伊斯梅尔·卡达莱，目前已经居住在西方，准确地说常常在法国，而他的作品则早就在全世界传播开了。

卡达莱的文学生涯，几乎就是阿尔巴尼亚当代历史的一个缩影。他生于阿尔巴尼亚南部靠近希腊边界的山城吉诺卡斯特，童年时代经历了法西斯意大利和纳粹德国的占领。二战结束后，他先在地拉那大学历史系读书，后赴莫斯科留学，在苏联的高尔基文学院深造，同时掌握了俄文和法文。六十年代苏阿关系破裂，卡达莱回国，在多家报刊当编辑，并写作诗歌。他以他的长诗《群山为何沉思》（1963）、《山鹰高高飞翔》（1966）和《六十年代》（1969）而成为当时国内的文学名人。七十年代后转入写小说，同时也写散文、诗歌、儿童文学和戏剧剧本。有《亡军的将领》（1967）、《婚礼》（1968）、《城堡》（1970）、《石头城纪事》（1971）、《伟大孤寂的冬天》（1973）、《南方之城》（1968）、《三孔桥》（1978）、《破碎的四月》（1978）、《梦幻宫殿》（1981）等。

一九九〇年十月，阿尔巴尼亚政局激烈动荡之际，他获得法国政府的政治庇护，移居巴黎，并很快开始用法语写作。二〇〇五年，卡达莱获得了首届英国布克国际文学奖。

卡达莱后来的作品，我都是从法国的 Fayard 出版社的目录上了解到的。它们有《谁带回了杜伦迪娜》（1986）、《H 档案》（1989）、《音乐会》（1989）、《金字塔》（1992）、《都城十一月》（1998）、《四月冷花》（2000）、《阿伽门农的女儿》（2003）、《事故》（2008）等。

作为中国读者的我，已经接连读到了《亡军的将领》《破碎的四月》和《梦幻宫殿》的中译本。我为他的写作吃惊。一个阿尔巴尼亚作家，能那么自然地赢得世界各地的读者，自有他的特色所在，而在我看来，对专制社会的讽刺和批判、对祖国文化的有意识继承和发扬，对各种文学手法的大胆尝试和实践，造就了卡达莱这样的一个文学伟人。

二

《错宴》(2009)几乎可说是卡达莱作品最有特色的一部。

小说的情节很是复杂：

大古拉梅托大夫是阿尔巴尼亚吉诺卡斯特市（这正是作者卡达莱的家乡）的著名外科大夫，当第二次世界大战中德国军队的战车开到吉诺卡斯特市时，占领军指挥官弗里茨·冯·施瓦伯上校让人告诉大古拉梅托大夫，他要见大古拉梅托大夫一面。大古拉梅托大夫和弗里茨是早年在德国留学期间的同学，是"比兄弟还要亲"的朋友。得知讯息，大古拉梅托大夫就邀请弗里茨来他家吃晚宴，于是，这位弗里茨上校就带着军官和士兵，带着鲜花和香槟酒前来赴宴。但是，在这晚宴上究竟发生了什么，谁都不知道。晚宴之后，不知出于什么原因，弗里茨释放了被逮捕的阿尔巴尼亚人质，化解了当时一触即发的杀戮危机。阿尔巴尼亚解放后，人们对当年晚宴中的谜提出了质疑，当局就下令，把大古拉梅托大夫抓进了监狱，让他交代跟德国军官之间的猫腻，调查他是否有变节叛国的罪行，甚至怀疑他跟国际上著名的反共大阴谋有关。预审法官沙乔·梅兹尼为了一己的利益，也为了讨好上级，更为了一种泄私愤的嫉妒心理，拼命地变态地折磨大古拉梅托大夫，最后，见自己的目的无法达到，便丧心病狂地杀害了大古拉梅托大夫。

读完小说，我的一个直接印象是，好像在读卡夫卡的作品。记得，卡达莱的另一部小说《梦幻宫殿》总是让我联想到卡夫卡的《城堡》，两者不约而同地描绘出了荒诞世界的那种荒唐象征。而这部《错宴》，则让我莫名地想到卡夫卡的另一部杰作《审判》，正是一种无常、无解的谜一般的氛围，一种无情、无形的命运之神，让一个清白无辜者无端、无奈地一步步地走向规定的死亡。

《错宴》一作的精神和文化价值体现在多方面。

首先,《错宴》把批判的矛头对准了专制者,这一专制的具体表现,正如奥威尔笔下的《动物农庄》中的描写,既是纳粹德国的战争屠杀,又是斯大林式的荒谬统治,更是与高高在上的专制者同流合污的各层次的"帮凶"行为。小说中,那几个法官就是这样的代表,尤其是从苏联的秘密警察学校毕业的沙乔·梅兹尼法官。沙乔为了自己能飞黄腾达,为了自己能压住大古拉梅托大夫一头,为了自己面对一个外科兼妇科大夫时感受的屈辱,为了莫须有的理由,一心置大古拉梅托大夫于死地。于是,无论沙乔代表了哪一个制度,哪一个政府,社会中只要有沙乔在,大古拉梅托大夫就不幸了!正如我们读雨果的小说巨著《悲惨世界》,社会中只要有沙威警察在,冉阿让就将不幸了!

其次,《错宴》营造了一个神秘莫测的故事氛围,大古拉梅托大夫邀请了弗里茨·冯·施瓦伯来自己家赴宴。但在宴会中究竟发生了什么,谁都说不上来。在大古拉梅托大夫看来,应邀来赴宴的那位弗里茨·冯·施瓦伯上校,已经不再是多年前大学同学的样子,一身军装,改变了他的外表,满脸的伤疤则改变了他的面容,还有那口罩,那变调的嗓音……但是,在一种莫名其妙的想象启发下,他依然认为对方仍然是他的老同学。其实,面前的那个德国军官本来就不是早先的那个弗里茨,而是冒名顶替的克劳斯·汉普夫了。

为了营造这种神秘的氛围,小说作者又一次借用了阿尔巴尼亚传统的"bessa"说法和杜卡金法典。"bessa",在阿尔巴尼亚语中意为"真诚",特指一种"真心待客"的古老风俗,它指的是,在任何情况下都不伤害做客之人,哪怕他是交战中的敌国之人,或是有世仇的敌对家族之人。读者在卡达莱的不少作品中已经读到过对它的精彩描述了,例如在《破碎的四月》中。而颇有传统的杜卡金法典,则把"bessa"的地位从传统几乎改变成了"法律"。

另外，在小说中，我们还看到了阿尔巴尼亚传统文化的其他各种痕迹，如瞎子维希普（几乎就是荷马的再现）的说唱，如夏妮莎洞穴的传说。最令人震惊的是，小说甚至把故事之谜落实到了"死者赴宴"这样一个传说故事上：

> 这故事一代一代传下来，以寓言和摇篮曲的形式，哄小孩子睡觉。故事讲到，房屋主人为遵守一份必须邀请某陌生人来赴宴的契约，把此事嘱咐给了儿子，还让他带上请柬。但这小子，走在寻找陌生人的路上时，突然被沿着墓地的荒芜凄凉的道路吓坏了，便把请柬从墙头扔进墓地，并拔腿就在黑暗中逃走，却不知请柬落在一座坟墓上。回到家里后，他对父亲说："我满足了你的心愿，父亲。"而就在这时候，死神出现在他们家门口，手中捏着那封信，把前来赴宴的宾客连同东道主吓了个半死：你不是邀请我了吗？我这就来了！别拿这副模样瞧我！

说到小说的题目"错宴"，我理解，指的是一个"错误"的宴会，被占领者大古拉梅托大夫不应该邀请占领军指挥弗里茨·冯·施瓦伯上校来自己家吃晚宴。这是一个立场的错误，时间和地点都错了。

"错宴"，也指"阴差阳错"的宴会，赴宴者其实并不是古拉梅托大夫的那位老同学，而是一个冒名顶替者。大夫受骗了。

"错宴"，也指"错综复杂"的宴会，大夫家中有过宴会，但谁来了，到底发生了什么，谁都说不清楚，旁人尽管有种种的猜测和传言，有的说这是一次"耻辱之宴"，有的则说是一次"复活之宴"。但事实，也仅仅只是，他家一晚上灯火通明，有电唱机播送的音乐声飘出来，有酒杯的碰杯声传出来，其余的，全都是谜。尽管在后来，人们从各个方面补充了关于晚宴的信息，但依然无法给出清晰的谜底。

"错宴",当然也可以指命运"错上加错"的错误安排,对原本的"阴差阳错",新制度却要追根寻源,结果错上加错,一步步把大古拉梅托大夫逼上死路。大古拉梅托大夫的死,当然是战后的追随斯大林政策的新制度的错,也是早先德国占领军的错,是阿尔巴尼亚人自己与自己窝里斗的错,总之,是社会制度、风俗习惯、文明传统的错。

高明的是,作者卡达莱并没有太过仔细地去挖掘这错误的原因,而是巧妙地把笔锋一转,又说到了那个众所周知的传说:

当年,他祖母为哄他入睡,曾给他讲过死人闹误会应邀出席晚宴的故事,而他,就像别的小男孩,常常自告奋勇地充当信使角色,如故事中讲的那样,把父亲给他的请柬转给第一个见到的人。

由于他只认识瓦西里科伊这样一个墓地,他就想象自己正沿着它跑,像故事中讲到的一样。他害怕,他的心擂鼓一般狂跳,他没有继续走下去直到遇上一个路人,而是把胳膊伸进墓地的栅栏中,把请柬一扔了之。跑开时,他回头一望,刚好看到请柬落在一方白色的坟墓上。

既然谁的错都不是,那么,干脆就是大古拉梅托大夫自己的错好了。而这,是每个孩子都会犯的错。

作为小说家的卡达莱的深刻之处,在于他把制度的错幽默地转化为了一个很自然的错,连牺牲者都觉得自己无法避免的错,因为,那个"错"是他自己"咎由自取",是命运加在他的头上的。这与卡夫卡的《审判》确实有着异曲同工之妙。也正因为如此,读者会越发感觉那不是古拉梅托大夫的错,这种荒谬的感觉,恐怕是任何的评论分析都说不清楚的。作品的魅力就在于此,卡达莱想做到的就在于此。

大古拉梅托大夫临死前，脑子里产生了"第二个幻象"：

　　现在，已经不再是六岁的大古拉梅托在那里奔跑，手里捏了一份请柬，而是另一个，曾经活过，从此死去，很久以来就躺在坟墓中。在他的一个噩梦中，他看到的自己正是这个样子。悬在他之上的，是那块大理石墓碑，上面刻着他的姓名，不远处，则是那道铁栅栏。
　　栅栏的空当，一只优雅的女人手，流线型的手指，戴了一枚镂花戒指，松手扔下了一份请柬。请柬忧伤地飘落，然后落在他的坟墓上。

看来，这样的错误命运还将继续下去，继续在人类的身上……

　　小说还有一个描写上的精彩之处，就是把主要人物的命运和性格写成分裂和矛盾的两个人。似乎是为了体现命运的无常，主要人物几乎总是成双成对地出现，大古拉梅托大夫身边就是拖带着小古拉梅托大夫（他们俩后来甚至还被手铐铐在一起），弗里茨·冯·施瓦伯上校则跟克劳斯·汉普夫令人难辨真假，即便是那个刽子手法官沙乔·梅兹尼，也总是有另一个法官阿里安·齐乌相伴。最后，为了跟那个德国来的法官形成平衡，又让一个俄国法官坐飞机前来破案。这些或形影不离或相互对立的"双重人物"，其实也是"错宴"、"错误命运"的象征。
　　随便提一句，小说的题目法语本译成为"Le diner de trop"，意思是"多余的那次晚宴"。那么，我们是不是也可以这样理解，"双重人物"中的那另一个，也完全是多余的，是命运所强加给的错误安排？

　　卡达莱是小说家，也是诗人，在《错宴》这部小说中，我们也不时地能看到诗意的火花、韵律的碰撞。那位在街头说唱的维希普，可以被看成作者的代言人，他是作者卡达莱的影子。他的几句诗歌，一下子就点穿了"错宴"的实质：

> 古拉梅托，德高望重的大夫，
> 魔鬼有一天把你降服：
> 安排了一次盛大的晚宴，
> 带有美妙的音乐和辉煌的灯烛……

还有：

> 大夫，你干了什么，在过去的那一晚？
> 你邀请了一具尸体来赴宴……

他不必有眼睛，因为作者卡达莱早已把自己的嘴借给了他，让他说出卡达莱的所见所思。

三

我之所以翻译《错宴》，原因其实很简单。

卡达莱近年来一直住在法国，作品几乎全部翻译成了法语，在巴黎的 Fayard 出版社出版。广州的花城出版社打算出版卡达莱的作品，也希望从法译本转译。当时，花城出版社的编辑通过东欧文学的专家高兴先生找到我，让我翻译一部卡达莱的作品，我刚刚读了高兴先生翻译的《梦幻宫殿》，并有感而发地写了一篇书评文章《梦幻宫殿——梦幻城堡？》，发在《中国图书商报·阅读周刊》上。对我的同事、朋友高兴先生介绍的翻译事宜，我当然欣然答应。

正巧，我二〇一〇年去法国访问时，认识了法国小说家艾里克·

法伊，得知他很关注伊斯梅尔·卡达莱，在一九九〇年代初就开始发表与卡达莱的对话集，后来又在法国出版卡达莱的翻译作品时做了很多工作，最近特地为出版的卡达莱《文集》写前言，需要说明的是：他不是为整个文集写一篇前言，而是为每一卷分别写一篇前言。我在与艾里克·法伊的两次见面时，都谈论到了卡达莱。我们之间在巴黎的谈话，尤其是艾里克·法伊的解释，对我翻译卡达莱作品《错宴》无疑有不少的帮助。与艾里克·法伊的交往，让我对卡达莱的作品倍感亲切。

我是在二〇一〇年秋冬季节赴法访问期间翻译的《错宴》。四个月的访问，日程安排得很紧凑。其中第一个月，我忙着见人，见作家和出版人，其中包括艾里克·法伊，同时见缝插针地在图书馆和住地翻译《错宴》。第二个月，我夫人去了法国，我陪同她在法国和欧洲的四处转悠，旅游时始终带着那本《错宴》。第三个月，我忙于两本书的翻译和校订，其中就包括《错宴》。最后一个月，我基本上在南方普罗旺斯美丽小城阿尔勒的翻译学院度过。我一边指导几个中国和法国青年翻译者做翻译工作，一边忙着开始了对《错宴》初稿的校改。

圣诞之前回国后，因忙于他事，就把《错宴》的再次校改工作往后拖了，同时也希望能趁机让译文稍稍"冷清"一段时间，之后能再以更冷清的眼光来修改。二〇一一年二月份，我又从头到尾对《错宴》做了两次修改，这才交稿。

需要说明的是，我的译文实际上是法译本的重译，在翻译时尽管时时揣摩作者的原意，但有时候很难辨识其"庐山真面目"，只能根据我的理解和推论，尽力而为地去忠实阿尔巴尼亚语的"原文"。

总之，译文已经出版，其文学性和可信性如何，就只有请读者尤其是方家来判定了。

二〇一一年五月二十八日到二十九日　于北京蒲黄榆

第一章

大古拉梅托大夫和小古拉梅托大夫之间,从来就没有过丝毫嫉羡的迹象。尽管姓了同一门姓,两人却没有半点亲戚关系,要不是医学,他们的命运线肯定永远不会相交,也不会有什么一大一小的外号将他们置于一种他们兴许不太愿意有的对立中。

然而,应该有一只看不见的手秘密策划了世间之事,以至于这两个人,城里最优秀的外科医生,即便心里想分手,也总归做不到。还不止这些呢:人们会说,同样是那只看不见的手,在这故事中注入了一种秘密的和谐,催人想到,凡事都不会跟它们本来的样子有什么不同。

大古拉梅托大夫不仅比另一位身材更魁梧,年岁更大,而且他在德国留过学,这个国家,毫无疑问,要比意大利,也就是小古拉梅托大夫当年留学的国家更大,更辽阔。尽管他们的对立迟迟未表现出来,所有人都坚信,它就在那里悄悄蛰伏着,作为这个城市从未见识过的医生间的敌对，它不可能不爆发，最终，有一天，不可避免地，爆发于光天化日之下，甚至在一种史无前例的轰动中。

等待期间，也不是没动静，无论事情会如何发生，这两位医生，或者说得更确切一些，事件与他们之间的联系纽带，在所有人心中占据了一个特别能被感觉到的地位。那兴许基于这样一个事实，即在一个他们从事的职业中，当地居民比起外地居民来，更难忍受才能的平等，大有分不出个高下誓不罢休的意味。直到如今，在所有情况下，还是大古拉梅托大夫略胜一筹，尽管在这一例子中，这个词显得过于强烈，全然如同加在另一位头上的略输一招一词那样，显得过于极端了。

四年前发生的事，被一些人叫作意大利入侵阿尔巴尼亚，而被另一些人称为两国合并，它显得像是要在他们之间故意维持一种平衡，或者不如说，要把这一平衡故意再颠倒过来，要在那位大古拉梅托大夫面前彻底地再提高或再贬低小古拉梅托大夫。这一过程维持了很长一段时期。某一天，人们几乎可以说，小古拉梅托服输了，第二天，事情却又翻了个个儿。如人们习惯的那样，当事者不显山不露水，而大古拉梅托大夫展现出一种强忍下的愤怒。这一火暴脾气，越发增添了他的严肃神态，成了各种不同诠释的对象，其中有一种最新的解释，由某一本幽默杂志贸然提出，把它比作被公认属于希特勒之怒的遥远投射。当时，希特勒的伙伴贝尼托·墨索里尼根本没跟他打招呼就抢先登陆了阿尔巴尼亚。

最初几个星期的混乱之后，大古拉梅托大夫终于从事件里脱颖而出，对此有些人认为不无悖理，另一些人则认为是时势使然，撇开意大利人的在场，撇开领袖①和希特勒之间的吵闹，德国始终是一个重大盟友，没有它，小古拉梅托大夫的意大利就只有一副迷途孤儿的形象。

*

那一年秋天发生的，正是这件事：意大利，因为它突然投降，失去了盟友。很长时期以来，世界见识了众多的盟友间的决裂，但是意大利遭受的这一决裂，构成了一种前所未有的哀丧。落到它头上的不幸似乎还不够，它不仅没有唤醒德国老大哥的某种怜悯，反而招来了凶狠的怒气。老大哥称它忤逆不忠，斥责它，把它贬得一文不值，这还不能让它消气，最后，它甚至命令德国士兵把昨日的盟友当逃兵对待，格杀勿论，就地

---

① 原文"Duce"，特指墨索里尼。

执行。

事态发展得如此迅速，以至于吉诺卡斯特城，尽管那么习惯以宽厚而又纠结的目光看待世界，似乎都站不稳了。

世道竟然如此混乱，两位古拉梅托第一次发现，他们实在找不到跟突发之事有什么关系。然而，局势似乎再一次故意大逆转：意大利疲乏不堪，德国军队从南方的希腊入境，一路北上，不让阿尔巴尼亚处于无人占领的境地，于是，大古拉梅托大夫和小古拉梅托大夫又跟往常一样有的忙活了。

但是，机会确实已经逝去。人们摇摇头，叹口气，然后，哲人似的，做出结论说，除了遗忘，恐怕找不到对这些悲剧事件更好的验证了。

他们越是仔细地探掘问题，就越觉得形势扑朔迷离，当然，还不至于说形势如一团乱麻，无法理清。无人不知，意大利已经投降，但是，今后，阿尔巴尼亚的地位又将如何？它同样也不紧不慢地投降了吗，还是，这里头还有东西要理清，有些东西很不透明，而且，人们越想努力看清就越看不清？

有时，问题以更简单的方式提出：既然阿尔巴尼亚是刚被推翻的帝国三大组成部分之一，那么，它就该忍受日耳曼怒火的哪怕三分之一？

很难心中有数。意大利正在承担这一愤怒的后果，除非是一头蠢驴，你才会看不出来，但是，没有任何人有本事预言，它的另外两部分，即阿比西尼亚和阿尔巴尼亚，会发生什么事。对某些人来说，事情似乎很自然，这一愤怒，如同往常习惯的，打击的首先是阿比西尼亚的黑人，而另一些人则翻起了老账，那些可怜的黑人，要冲他们发泄愤怒，人们总会很忧虑，因为，愤怒也好，不愤怒也好，无论怎样，他们的事情终会越来越糟。简而言之，现在只剩下了阿尔巴尼亚可以吐吐苦水、发发脾气了。尤其因为，德国军队离此地只有四十公里路程，就像恶狼一眼瞅见了羊羔，它肯定饿极了。

不安已经笼罩了城市，这时，发生了一个意外事件，结束了种种推测。一天上午，两架陌生的飞机空投了几千份传单。传单用两种语言写成，德语和阿尔巴尼亚语，它们解释了那一切。德国并非欲求占领，而只是寻求沿阿尔巴尼亚打开一条通道。它作为朋友来到。它不仅没向阿尔巴尼亚要求任何什么，而且还要把它从意大利的可恶桎梏底下解放出来。它要把被没收了的独立还给阿尔巴尼亚。它承认在其边境之内的阿尔巴尼亚民族，还有科索沃和卡梅里①。它还……

---

① 希腊境内的阿尔巴尼亚飞地。（法译者注）

人们简直不敢相信自己的眼睛。这也太美了，不会是真的，然而，传单就落在那里，用两种语言写成。

人们读了又读，那些疑心重重的人甚至还求助了习惯的老生常谈：他们怎么会，在那上面，知道这下面发生的事？（上面既可以指那些高高在上的德国达官贵人，也可以指那些扔传单的飞机）之后，城市终于从焦虑中解脱了出来。

人们多多少少放下心来，开始对那些飞舞的纸张提出自己的看法。就像往常那样，众说纷纭，莫衷一是。一些人看好这种交流方式。它跟近来的一些恶作剧完全不同。如此仪表堂堂的一个泱泱大国，像小偷一样半夜来偷袭你们，进犯你们的国境，而到了早上，却又恬不知耻地大肆宣告：是你攻击了我！而这一光天化日之下的公告，则是天底下最清澈透明的了。贵族老爷的派头，我的天，就如同有人给你们送来了名片。过来瞧一瞧：两种语言呢。

一帮子傻帽，另一些人反驳道。恰恰是这个递名片的事，构成了对一个国家的最大冒犯。尤其是对一个像我们这样英勇的国家。阿尔巴尼亚国家，明天上午十点钟，我将在这里，过来等着我，不要听别人说我的闲话，不要理会我随身带来的大炮和坦克，不必太在意，因为我是一个带有值得人尊重的一切的德国人，我送上了鲜花和文明……好一帮呆子，你们真就相信这样的废话吗？

话虽如此，他们扔些名片下来就算不错了，总比扔炸弹强不是，前一拨人这样说。

在另一个阵营，把遵守规则和协议看得高于一切的阵营中，出现了完全另外一种关注。那是一种奇怪的、奸诈的关注，它应该没有损害一只饱食终日、自命不凡，从某种程度说也是不知羞耻的公猫的美观：同意，德国公开了它对阿尔巴尼亚的意图，但是阿尔巴尼亚，它，它到底应该采取什么态度呢？

这一问题让其他人怒不可遏。你们不说：感谢上帝，它倒还没有像在希腊所做的那样，把我们砸个稀巴烂，但我们还得勉为其难！有那么两三种讽刺话趁机冒了出来，其中有一句说，垂死的山羊还固执地把尾巴竖得跟一面小旗那么直。

然而，最耐心的人说，还是等一等，等一等。他们纷纷展示一清早在自家门口发现的传单。这些印刷品，没有飞舞的纸页的那种神奇，也不是通过空中之路到达的（且不说它们还是单种语言的），跟它们所说的完全背道而驰。它号召人民赶紧动员起来，拿起武器。德国人被形容为可恶的侵略者，甚至比意大利人还可恶。

怀疑正在赢得所有人的心，弄得人们茫然不知所措。表面看来，两种态度在阿尔巴尼亚各行其道，不过，这并没有给吉诺卡斯特人留下什么印象。众所周知，某些时候，他们总觉得自己比外地人都更聪明。说来也巧，人们恰好处在这样一个时期，因为，作为德国人途经的第一个大城市，吉诺卡斯特要比任何其他城市都更严肃地关注它。

第二章

说到这一城市无度的狂妄自大,有几种解释。最流行的说法强调的是它的与世隔绝。相信这一解释的人,意识到仅此一点似乎还不够,便迫不及待地补充说,隔绝一词本身,在这确切的例子中,尚需进一步明确。城市被一片跟它维持着一种相当冷淡关系的辽阔地域包围,在它们看来,城市显得很异邦,即便还不能算很敌对。北边,它的背上,狐狸和狼出没的无边无际的山岭之外,坐落着拉贝里的那些小村庄,看来,它们好像同样也无边无际,因为有高有低,绵延不断。正面,东方,过了河流和谷地,伸展开仑克赫里的座座村镇,同样也那么异邦,但奇异的原因恰恰相反,在于它们的温和。南边,沿着河流,谷地四处,层层叠叠地散布着希腊族人的村子,它们尽管被轻视,却竭力干扰着城市的精神平衡,丝毫不敢落后于其他邻乡。这是一处心腹之患,会更常在人们睡梦时行动,而不是大白天,行动时也很少说得出什么理由,更经常地,干脆就不跟你讲什么理。它跟罪孽之诱惑很像,促使城里居民对希腊人产生了一种大大变形了的认识,因为有希腊人当佃农,在他们的土地上劳作,不仅希腊人,而且还有整个希腊文化,因此也包括希腊国家,它的政治,甚至它的语言。

仿佛这一人才荟萃的灿烂星座还不足够,就在它正中间,更确切地说,是在城市与少数民族占据的区域——两者都那么神秘费解——之间,坐落着拉扎腊村。要说尖刻和顽固,该村的人可谓举世无双,难有对手。由于无法找到它针对吉诺卡斯特满腔怨恨的动机,历史学家们只得退而求其次,把他们看得比人们以为的要少一些危害,因为被城市束缚和裹缠,它就有了一个好处,可以不来责怪整个阿尔巴尼亚。

人们都在述说,每当夜晚特别黑暗时,城市的灯光,尽管由于距离遥远显得有些淡薄,还是那么厉害地刺激了拉扎腊人的神经,以至于到了某一刻,他们实在受不了了,便举枪朝灯光的方向开火。

最精细的历史学家精准地在高高的住宅中看到了这一敌意的理由,那些楼的上面几层,据传说,住的是城邦楼女。在他们看来,既然这些高楼从来不会缩小尺寸,那些楼女也不会屈尊下降到低等女人行列,那么,不理解便成定局,而且很可能永远都将如此。

至于吉诺卡斯特,很久以来就习惯了此类东西,从来都不寻求息事宁人,或者跟任何人对话。若换了其他任何一个城市,位于一种如此普遍的敌意中心,肯定就会寻求跟某一边结盟,来对付另一边,比如说,跟拉贝里结盟来对付希腊族人,或者联合拉扎腊来对付仑克赫里。但是,这个城市看来总像是缺了一些聪明,或者多了一点聪明,而这,归根结底,都是同一回事。

它不仅不试图息事宁人,而且,还以示威的方式,彻夜通明地照亮它的监狱,监狱就在城堡的最高点,而城堡,则又是城市的最高点。这一咄咄逼人的光亮,旅行者满可以拿来跟雅典卫城做一比较,不过,要以一种凄凉的方式,城市正是用这一光亮,向邻居宣告着信息:我要让你们全都在这里趴下,拉贝里人和希腊人,拉扎腊人和仑克赫里人,毫不留情,毫无例外。

如果人们想到来源于吉诺卡斯特的三百名帝国仲裁官,那么,这一威胁就绝非夸张,要知道,奥斯曼帝国解体后,这些仲裁官没了事做,便都告老还乡了。

他们的回归本来会给任何一个城市带来一番血腥打击,无论它多么宽宏大量,更不必说是对吉诺卡斯特了。如果连仑克赫里都不能软化它,那么就别指望别人还能成功,人们说。那地方的各村各庄全都面对着城市一字儿排开,遥望城里,各家教堂全都香火缭绕,排钟为复活节而敲响,传遍了这个满是泉水,女人们温柔得罕见的地方。如果说,城市炫耀着一个地下采石场的外表,它却没忘记明察秋毫地注意到一切。在仑克赫里的各村,一些大姑娘和小媳妇突然莫名其妙地失踪。人们到处寻找,泉水边,悬崖下,河岸上,直到很久后,传来一种窃窃私语,轻得如绸缎的摩挲,说她们最终已经到了吉诺卡斯特的楼院里。

这个城市到底是不是专门劫掠女人呢?问题从来就没被搞清楚过。同样,人们始终无法证实,姑娘和新媳妇们是不是真被劫持了,或者,她们只不过在那些厚重的门扉旁,如蝴蝶一般飞来飞去,直到有一天,被猛一下逮住,从此不再露面。在里面,不可能知道什么阴谋在策划中。她们在那里很幸福,或者很不幸,这两种假设之外,产生了第三种:她们是不是也成了城邦楼女,像她梦寐以求的那样,或者,很长时间以来,她们只是委曲求全地满足于梦幻状态,毫无别的奢望?

这就是德国人来到前夕的情景。那种古老的想法,以为面临危险时,阿尔巴尼亚会恢复镇定并忘却它古老的争执,很快就破灭了。

观点分为两派,泾渭分明。共产党人,如人们预期的那样,热情而急迫地希望打仗。民族主义者并不反对,但既不热情,也不急迫。在他们看来,那种过分的热情，连接的更多的是俄罗斯人的利益，而不是阿尔巴尼亚人的利益。依他们的观点，阿尔巴尼亚不该不掂量一下自身利益，就盲目投身于这一冲突中。德国是一个强大的占领者，但红色俄罗斯也好不到哪里去。更有甚者，德国还带回了科索沃和卡梅里，而俄罗斯，除了集体农庄，什么都没有！甚至有可能，出现在德国人传单上的"阿尔巴尼亚种族"这样的词，会让共产党人火冒三丈，而不是欢欣喜悦。甚至，要说他们急于打仗的心情就是来源于这些词，也不是不可能的。这很自然，因为在他们的领导层中，人们发现有两三个塞尔维亚头领，他们从"阿尔巴尼亚种族"这些词中看到了一片红色！

随着时间的推移，舆论越来越趋向分岔。在小酒馆里，话说得比在城邦楼女那里要尖锐多了。路过吧，德国人先生，就像你承诺的那样：借道过境。你不要碰我，我也不会碰你。小心①！你不是已经打折了希腊和塞尔维亚的腰吗？那是你的洋葱！请把科索沃和卡梅里给我，*是的*②！

---

①② 原文为德语。

＊

　　各种各样的假设中，最糟的那种成了现实。进入城市时，在公路上，德军先遣队遭遇了火力阻击。既非战争，也非停火。只是一种简单的伏击。

　　三辆摩托车组成的小分队来了一个可怕的向后转，回到他们早先露面的地方。同样，射击手们也蒸发了，仿佛被丛林吸收得干干净净。

　　不久后，消息在城里的两家咖啡馆传开。照往常习惯，每逢遭遇此类情景，人们便匆匆溜之大吉，返回自己家中。分手之际，还不忘最后交换几句，某些人认定是共产党干的，因为，就如在其他机会中那样，共产党人挑起事端后，总是拔腿就跑，拼命逃生，另外的人则认为，干这事的人是在不计代价地寻求与狼共舞，冒险玩命。

　　就在厚厚的住宅门关上前，消息已在城里转上了一大圈：因为背信弃义，城市将遭到报复。

　　令他们目瞪口呆的，是报复的方式。它还不为人习惯：炮轰。当然这很吓人，但是，人们感受的第一印象，更多的似乎还不是恐怖，而是羞耻。

　　人们需要一点点时间缓过神来。这么说，有人要把他们巨大的石头房屋炸飞，要炸掉他们的家产，他们的地产，他们的三百名帝国仲裁官，还有城邦楼女的楼层，连同这些楼女本身，还有她们丝绸的睡袍，她们各自的秘密，她们那冰雹一样噼里啪啦掉到地上的首饰。

像是为了躲避不可忍受的幻象，人们又回到古老的争吵中。这就是共产党给我们干的好事。这就是你们给我们干的好事，你们这些以为能收复科索沃和卡梅里的人。不是我们，而是你们，装作一副开战的样子。这么说来，我们将投入战斗，而你们只会在一旁白看戏啦？我们并没有说我们要战斗，是你们，你们在这样说，你们在撒谎。你坚持要去战斗吗？那就在那里坚持吧！打你的仗，原地倒下，有本事你别逃跑！

他们就这样争论不休，但是，吵累了后，他们又回到那个引人怀疑的问题上来：是谁向德国人开的枪？随后的沉默也并不少一些压迫感，无论如何，他们又回到了惩罚形式上来：炮轰。毫无疑问，这很可怕，但是更无法忍受的，似乎还是另一种不幸，未被承认的，那种羞耻的根源。遭惩罚的城市，到处都有，只要稍微想一想，人们就会说，这一消遣，自它诞生以来，就成了全人类的基本爱好。城市被围，断水，断生活用品，朝它们开炮，城门被毁，城墙倒塌，被削平，碎为齑粉，甚至还要在地上撒盐，为的是不让寸草再生。城市就这样倒下，在绝望中，但又带着勇气，而遭人炮轰，那就是另一回事了。

人们最终抓住了这一羞耻情感的起源：这种不幸似乎有着另一种本质，它很像是一种专为女人而留的惩罚，对良家女子的一种惩罚。说什么，莫非是我听错了？那些刚在桌子前坐下的人问道。假如不用逻辑推理的话，问题的关键很容易分清，而如果加入了逻辑推理的话，它就很难把握了。让人掀翻，插入，刺捅，挖掘，所有这些都只用于女人。简而言之，可以这么说，这座自诩为如此阳刚地活着的城市，要像个女人那样死去了。

四周的乡村，曾遭到城市如此的蔑视，最终得到了满足。兴许它们根本就没对它抱什么同情心。第一次，只不过，可惜，太晚了！

到了这一地步，人的嗓音就跟心灵一样，低落了下来。男人们扭转脑袋，只差没跟女人们一起哭，而女人终究是女人，早在那里哭天抹泪了。

*

跟黄昏同时降临，笼罩于城市的，还没有什么名称来命名它。人们本来可以，退而求其次，把它叫作沉默,尽管它跟沉默相比要更深沉,另外,它跟沉默的距离就如沉默跟声音那样遥远。

那些认为该是开溜时刻的人就溜之大吉,一部分去了仑克赫里的各村,另一些去了大山,据他们说,山里的狼和狐狸待他们倒是更为宽厚。

战车的轰隆声对他们绝非陌生,但是,由于等待时间太长,他们便觉得它与众不同,甚至好多人相信,这拖得老长的嘶哑声本不是别的,就是炮轰本身,一种新型炮,德国特制的,新品种。

德国战车终于露面了,一辆紧跟一辆,挺进在大路上,灰头灰脑,排得整整齐齐。

第一辆在跨河大桥附近停了下来,自转了一圈,把炮口对准了城市。第二辆如法炮制,然后是第四辆,第七辆,跟在后面的所有车。

正发生之事的意义突然变得清澈透亮,没有丝毫可能的混乱,这就像通过有节奏的嘈杂,战车带来了投向世界的一道新目光。还没有挨炸弹之前,城里的居民就已不仅领会了信息,而且还领会了其他一切。古老的城邦袭击了德军侦察兵。它将按照战争规则受到惩罚,战争的习惯法根本就不会考虑一个如此的城市会不会狂妄自大,衰老退化,或神经错乱。

第一颗炮弹已在房屋顶上飞过。

考验在延长。炮弹过了环城路，一步紧逼一步地，有条不紊地靠近市中心，在它们的呼啸声中，躲在掩体中的人喃喃祈求，说出了他们以为应该是最后的话，吐出了他们最后的意愿。

炮击骤然停止。第一批好奇者从地窖中钻出来，要看一看究竟发生了什么，他们惊讶地发现，城市依旧巍然屹立在他们可以想象的一片废墟中。但是，跟第二次公告相比，这依然算不得什么。第二次公告跟炮击停止有关，正因为这一点，它依然含含糊糊，仿佛充满了奥秘。从不知如何定位的一个屋顶上，一个居民挂起了一幅白布，简而言之，向德国人亮出了投降信号。

很多人相信这一点，但同样多的人认为这是海市蜃楼。

然而，炮击切切实实地停止了，战车的轰隆声复又响起，唯一不同的是，此后，它们在缓慢地驶向城区。

夜幕降临，随之而来的时刻，问题变得更难解。是谁展开了一面白旗？另一个问题——谁向德国侦察兵开了枪？——从此显得十分简单了，仿佛来自童年世界。人们感到，这后一个问题的答案很快就会浮出水面，甚至会导致某些人的自豪，而那个举白旗者的身份，它，却越来越沉入于黑暗。

不仅那个人，而且连那栋房屋，还有竖起白旗来的那个屋顶，现在都不可能定位了。就在那个方向的什么地方，那些声称曾发现它的人不敢确保地说。其他人纷纷抛出各自的猜想，但是，每当涉及当事人姓名，或者至少是哪一个屋顶，他们则耸耸肩膀了事，他们相信，这种不名誉的行为，假如可以这样形容的话，绝非可由一个单独的人，或者一个单独的屋顶承担得起。

所有人都持这一观点，以至于当某个人最终找到了一种能减轻和分摊差错的解释时，他们全都感受到一种轻松。这一解释具有一种令人震惊的简单性：要想寻找那个举起表示投降的洁白信号的人或幽灵，就算找上几年，恐怕也是白费工夫，永远都无法找到他，道理很简单，挥舞起这面白旗的，并不是一个人，也不是某只幽灵之手，而是九月的风。是的，就是九月的风，趁居民争先恐后躲进地窖之际，掀起了一道敞亮窗户上的白色窗帘，并把它吸到窗外，在德国人的目光下招展了那么两三下。

总之，市民们终于可以清静了：打出白色信号的原因，既不是懦弱，也不是什么背叛的意图，唯独只是天命之手，以微风的形式，完成了早已写明的行动。风儿以一种如此完美的同步，将窗帘朝室外鼓起，单等它刚刚展开，又急忙把它吸回室内……因此，永远都不会有任何人被指认，不仅他的手，而且还有飘扬起那块白色布料的那道窗户和那栋房屋。

第三章

我们还是回到同一天,但是,经过长期的石化后,它的样子有些不可信。"同一天"这个词似乎不太确切:下午。白天的第二部分,它的末尾。兴许是它最奸诈的一面,多少世纪以来一直隐藏着它古老尖刻的那一面,跟白天的第一部分,被人叫作上午的那部分恰成对照,这里且不说清晨。就这样,嫉恨积累到一定程度,突然就在九月的这一天爆发了。

与此同时,人们对命运更多地有一种相对感激之情,老天毕竟保佑他们避免了久远以来早已被忘得干干净净的其他灾难,例如双夜,一种超乎想象的历法魔怪,跟什么都不像的一段时间,上溯到鬼才知道的某个时代,宇宙的肚肠,兴许,扼杀了白天后两夜并作一夜的大杂烩,黑夜扼杀白天,恰如人们在吉诺卡斯特的老房子里扼杀不名誉的女人。

如人们可以想象的那样,之所以在如此迷惘的情景中浮动，是因为居民们向来引以为荣的一种东西丢失了：它就是他们冷静的理性。或许还更糟：不仅冷静，而且还有别的，普通的理性，它似乎也蒸发于无形。

然而，哪怕只出于一半的理性，人们还是希望能领会某些东西。比如说，人们知道了，炮击将被一种更大规模的处决所取代，但目前还无法确定谁将被选来当背运的人质。人们相信，德国人的要求已在什么地方公布了，但是无法猜测，会谈到底是在哪里，尤其是在什么对话者之间进行。

另一些东西还是传到了人们耳朵里。说它是意外恐怕就不是事实了。

人们听到的属于这样一种趣味：某种一开始被认为是一种杀戮的东西，到最后一刻才体现出有利的面貌来。换句话说，一通机枪扫射，但声响完全不同，就仿佛刚刚发明出了新型冲锋枪，开火时像是在吐出一个个音符。

你们怎么说起什么冲锋枪来了呢？它更像是施特劳斯的音乐，沙麦家的儿子们反驳道，他们是市立管乐队的演奏者。另外，很显然，扫射声或音乐声，或两者同时，都不来自市政厅广场，而是来自大……大古拉梅托大夫……大夫的家。

现在还不好说：大古拉梅托大夫肯定是昏了头，另一种情感让人们噤口无声——那是内疚。一种深深的内疚，无边无际，对一种不可饶恕的遗忘：对两位医生的遗忘，大古拉梅托和小古拉梅托。

到底发生了什么事，什么时候，为什么，以什么方式？到底是怎么一回事，在种种国际事件导致的大混乱时代，一些国家倒台，一些国家新生，盟友决裂，国境变更，国旗变色的大动荡时代，人们怎么会忘记在类似时代人们恰恰绝不会忘记的那些人，大古拉梅托大夫和小古拉梅托大夫？人们忘记了他们的敌对关系，并驾齐驱，并行不悖，或许还有各自权威的波动起伏，这就如同丢失了指南针，放弃了衡量大气压、气温的降低和上升，更不用说股市的涨落，货币的贬值，还有德国入侵时瑞士银行的倒闭……总之，城市的内在之钟出了毛病，配得上这一名称的任何城市都把它藏在心腹之地，而它的滴答滴答声，尽管所有人都能听到，却从来无法给予定位。

就这样，大古拉梅托大夫的复仇突然来临。你忘记我了吗，啊？你将看到我是不是会还你一锤子！然后，就在一片寂静中，把他唱机的音量一下子推到最响。

这一假设，如同总是匆匆赶出来的结论，马上就被打上了问号。大古拉梅托大夫根本就不是这类人，尤其因为他那众所周知的对万事万物的无动于衷。

他家屋檐底下到底发生了什么？播送了音乐啊，甚至连一头毛驴都明白这一点。但是为什么，在什么境遇中，为了发送什么信号，这个，所有人又都不知道了。

两种新的猜测很快就拼凑出来。照第一种说法，大古拉梅托大夫正在给德国人当头一棒。你们不是占领了我们吗？你们以为我们被吓倒了吗，屈膝求饶了吗？根本没有！瞧，就在你们鼻子底下，我庆贺了我女儿的订婚，根本就不延期，因为阿尔巴尼亚人，按照自己的习惯，办事从来就不过夜，我做得就像你们根本不在，此外，假如你们愿意来，照我们的传统，你们也会受到欢迎，不论你们是敌人还是朋友，我的大门是敞开的。

鉴于正发生的事，大古拉梅托大夫变得格外伟大，人们赞叹道，尽管处于沉默，人们还是在心中欢呼道：愿上帝保佑大古拉梅托，城市的荣耀！然而，人们也没有忘记他的对立面小古拉梅托，对后者，人们自然忘不了这样说：打倒小古拉梅托，让他下地狱，遭火烧，让他永远成为他的街区还有他的城市的耻辱！

但是这一假设臭火了。据一个更新的消息，大古拉梅托大夫并没有为女儿的订婚大宴宾客，他家的晚宴，远非一种针对德国人的伪装，而是专为德国人请的客。换句话说，他邀请了外国人，为的是向他们显示：今天，进城时，不是有人用子弹欢迎了你们吗？我，正相反，我要用好酒好菜还有动人的音乐招待你们！

对医生的公诉似乎不可抑制。很多人都说早就期待着他的面具脱落，露出他亲德分子的嘴脸，而其他人则诅咒他是城市的犹大，同时转而为小古拉梅托说好话，这个谨小慎微者，寒酸的可怜虫，他始终跟别人一样，留在阴影中，蜷缩一团，但是相反，很英勇，他，是两个阿尔巴尼亚①的荣耀！

小古拉梅托的家始终沉浸在黑暗和寂静中，再没有比这一点更容易证实的了，同样显而易见的是，大古拉梅托家不但灯火辉煌，而且传出的音乐也越来越响，仿佛它始终还不够响似的，能听到那里的一声声欢呼，伴随着干杯声和德语的喝彩声。

像是为了多少减轻一点他背叛的负担，大古拉梅托大夫的拥护者搬出了新说法，说是大夫的精神出了问题。反正有人在这个故事中发了疯，这很显然。不过，人们实在不太知道，脑子出了问题的究竟是大古拉梅托还是德国人，抑或两方面全都出了问题。

其间，为进一步打垮大夫的支持者，反大古拉梅托派加倍指责他。他们走得相当远，一直要让人相信，冲锋枪的扫射跟音乐是同一节奏，一些人甚至还宣称，枪

---

① 阿尔巴尼亚和科索沃。（法译者注）

决人质或许已经开始了，但这次不是在市政厅广场，而是在大古拉梅托家的地窖。

另一些人走得还更远，他们兴许还是让德国人最憎恶的人，例如犹太人雅科艾尔，从地窖深处向上走了两三层，好在餐室中央将他们枪毙，以图乐趣！用别的话来说，宰了他，就在桌子上解剖他，摘取他的器官移植在英勇的德国士兵身上，干完这一切后，就干上一杯，为了德国和阿尔巴尼亚的友谊！

这类令人难以置信的极端行为，尤其是大古拉梅托大夫的形象，手持解剖刀，就在晚餐过程中开膛破肚，其结果当然让那些精神失常者更快返回到理智上来，城市又找回了至少最近六百年来引以为荣的冷静的理性。

确实，大古拉梅托大夫家灯火辉煌，庆典似乎达到了高潮，在勃拉姆斯之后，人们听到了《丽莉·玛莱娜》①，但同样确实的是，市政厅广场上，黑乎乎的冲锋枪排成两列，枪口正对着成双成对铐在一起，在潮湿的夜幕中瑟瑟发抖的人质。

天气清凉。从特佩莱纳峡谷刮来的北风越来越猛，天气恶劣时，总是这样。人质在那里，等待着。还没有一柄冲锋枪开火，头戴钢盔的士兵有时把脑袋转向音乐

---

① 这是一首德国爱情歌曲。

的方向。无疑，他们不免有些窘迫，但是，比他们更迷惘和震惊的，依然还是人质。

尽管根本无法想象还有什么比这更不真实的东西，肮脏不堪的广场，死神的等待，还有大古拉梅托大夫家中飘荡在音乐与香槟酒之波中的晚宴，很快，一个无法解释的想法形成了，尽管冲锋枪和音乐如此截然不同，却有一根神秘的线把它们连接到一起。至于这是一根什么线，尤其它到底是福还是祸，还根本不能确定。

跟唱机中的音乐同时传送出来的，是关于晚餐的种种解释。数百年来，城市保留了对一些非同寻常的宴会的记忆。各种各样的晚宴都有过，欢欣鼓舞的，或恐怖吓人的，食客们，高兴的，真想从屋顶上一下子跳下去，醉醺醺的，一心要带走家中的女主人，或者逃之夭夭，还有的宴会，黎明时刻结束时，人们发现所有人全都中了毒，来宾和主人概莫能外。然而，没有一次宴会能跟那天的晚餐相媲美。

为揭穿它的秘密，人们回想起了其他晚宴，绝大部分都是要命的，因为那些宴会留给人们的印象可能最深。回溯以往，一些人不由自主地想到《圣经》中讲述的基督的最后晚餐，坚信最终从中看透了秘密。一切都聚集齐全，基督，他那绝世的忧伤，使徒们，而在他们中，有背叛者犹大。但是，恰恰是在他们以为开始隐约发现了真相时，真相从他们的手指缝中溜走了。大古拉梅托大夫跟基督没有任何关系，德国赴宴者就更没关系了，这显而易见，但把他们形容为犹大似乎同样也不妥当。他们叹息并祈祷——上帝，原谅我们的东拉西扯吧！——无谓地试图摆脱任何想法。

在房屋比较稀落的环城地带，消息的流传费了很多时间，居民们不得不满足于那些更旧的消息。就在一个小时前，他们还在争论音乐冲锋枪，争得那么激烈，那位早年曾不幸在俄罗斯普鲁士边境某地待过的沙乔·贝日·科科波，再三重复说，人们所传的，只是一堆蠢话，施瓦兹冲锋枪的嗒嗒声，他可是再熟悉不过了，熟悉得就如夜里睡觉时他身边的那个悍妇喘出的呼噜声。当别人反驳说，它早就不是第一次世界大战中的那种老家伙，而是舒伯特，他便怒不可遏地发作：让你的舒伯特，还有别的叔伯兄弟滚他妈的蛋吧，那只不过是一些操蛋玩意，谁都无法让我相信，冲锋枪还会哼小曲，大炮还能唱歌剧。

人们回想起往昔的一次晚宴，正是在这样一栋孤零零的房子里发生的，这故事一代一代传下来，以寓言和摇篮曲的形式，哄小孩子睡觉。故事讲到，房屋主人为遵守一份必须邀请某陌生人来赴宴的契约，把此事嘱咐给了儿子，还让他带上请柬。但这小子，走在寻找陌生人的路上时，突然被沿着墓地的荒芜凄凉的道路吓坏了，便把请柬从墙头扔进墓地，并拔腿就在黑暗中逃走，却不知请柬落在了一座坟墓上。回到家里后，他对父亲说："我满足了你的心愿，父亲。"而就在这时候，死神出现在他们家门口，手中捏着那封信，把前来赴宴的宾客连同东道主吓了个半死：你不是邀请我了吗？我这就来了！别拿这副模样瞧我！

然而，大古拉梅托家的晚餐在继续。人们始终不知道究竟发生了什么，直到一条好消息开始传播，跟别的消息再异样不过了，像一阵四月的春风扑面吹来。它小心翼翼地飞舞，比彩虹还更难捕捉。但是，即便是来自特佩莱纳峡谷的风，万物面前从不退缩，似乎也为它让了道，好让它顺利到达目的地：有人质被释放了。

消息让人无话可说。这些词很难钻入人们的脑子。人质，是的，人质将不被枪毙，他们释放了人质！换言之，他们将不再一个接一个倒下，身上弹痕累累，在那边，在市政厅广场，而是将排着队回家，感谢救世主！而这一奇迹，是由大古拉梅托大夫完成的！

人们对他表现出的热情达到了高峰。胸腔似乎就要融化，膝盖再也无法支撑，更不用说脑袋了。人们欢呼大古拉梅托大夫，这也罢，但人们不该就此忘记小古拉梅托！

疯狂地比较，贬低一方而抬高另一方，还从未以一种如此令人眩晕的大转变来实现。整个城市，当它应该在大古拉梅托大夫面前屈膝跪拜，热泪盈眶地亲吻他的脚，求他饶恕它的怀疑时，它当然也应该改变主意，并抨击那个过早为英雄的坠落而欢欣鼓舞的人，他的对手，他，犹大，欧洲的耻辱：小古拉梅托大夫。

在了结了小古拉梅托大夫之后，人们便如期待的那样，又回到了主要问题上来。他们带着崇敬之情，从四处眺望大古拉梅托大夫家灯火辉煌的房屋，从中飘出的音乐在他们听来越来越像天籁之音，以至于，这栋古老的住宅，从此就不再只是一座普通的房子，而有了一种大教堂的气派。

以往的那些好奇心，对女主人们的秘密，对上流社会的事务，多少有些恢复，尽管经过长期的冬眠后有一点枯萎，但毕竟死灰复燃了。那么，在这所大房子里究竟发生了什么呢？晚餐是如何进行的，还有其他呢？大古拉梅托夫人和女儿确实跟德国人跳起了华尔兹舞吗？他们的头领，冯·施瓦伯男爵，确实戴了一个口罩吗？

这些好奇心迟早会让第一个问题重新浮出水面，一开始的问题，没什么能将其隐藏：实际上，这次晚宴是什么性质的呢？一些人给它起了外号，叫"耻辱之宴"，而另一些人则管它叫"复活之宴"。

通过一些陌生渠道,兴许是侍者,或者是信使,总之,是那天夜里确切活动过的人,谜语说不定将被破解。

第四章

　　以下就是曾发生的事。在那个无法言表的下午，当坦克和装甲车凭借它们众多的划痕如雨后春笋几乎爬满全城时，从一辆停到市政厅广场的装甲车中，钻出来了德军指挥官，弗里茨·冯·施瓦伯上校，铁十字勋章获得者。

　　他来不及活动一下发僵的腿脚，来不及向部下发布命令，就以一种特别的方式，让其他人惊讶不已的方式，匆匆瞧了一眼面前的景色。他还不止如此，以一种几乎自言自语的口气，梦一般地大声说道：吉诺卡斯特……我有一个朋友在这里……

　　围绕在他身边的人还以为这是个好玩的笑话，经过了这如此颠簸劳累的漫长一天后，它显得那么可能，同时又那么不可能。但是，上校继续以同样的语气说道：一个好朋友，一个大学同学……我最好的朋友……比亲兄弟还亲……

其他人正等他突然爆发出笑声，就像在开了一个类似的玩笑后习惯的那样，等他承认这确实是一个玩笑，然后给他们做解释。

但情况并非如此，根本就不是。相反，他朝他们投去一道他们从未见过的若有所思的目光，说出了朋友的名字，他们在慕尼黑大学学习的学院名称，还有他在这个城市的地址：阿尔巴尼亚，吉诺卡斯特，瓦罗什街二十二号，大古拉梅托大夫，又名大胖古拉梅托。

军官们还没有从惊诧中回过神来，就听到了上校的命令，立即去找那个奇怪的阿尔巴尼亚人，并把他带来。

四个士兵记下地址，分坐在两辆三轮摩托上，斜挎着冲锋枪，一路呼啸而去，去找那人。

居民们还没有离开藏匿地，没人见证当时发生的事：当兵的突然冲到大古拉梅托家门前，一通猛敲猛打，直到把他护送到上校跟前。

市政厅广场，军官们围在上校身边，尽管已经不再怀疑他的话了，但看到他等朋友时显出的那种神经质，心里仍不免还在犯嘀咕。他难道真的是比亲兄弟还亲的朋友，而不是一个马上要被问罪的可怜鬼？他们也不去想得太远，而是怀着某种好奇，等着看是不是会有某种特别关照落到大夫头上，或者正相反，他是不是会因不知什么罪名被枪毙。

三轮摩托重新露面，依然轰隆隆作响，自此，就没有什么好惊讶的了。因为对神秘医生的来到，人们再也不能做别的解释。

显而易见，既不可能给他发勋章，也不可能判罪。事情应该是另一种性质，它可能显得令人难以想象，某种情感上的东西，像是来自上一世纪，甚至还更远，来自骑士时代。

一开始，大夫似乎僵在那里，可以相信，他认不出他的同学来了（岁月的流逝，军装，尤其是脸上两条伤疤，这无疑使得一下子弄清对方身份有些困难，我们以后必须指出这一点），但是，这之后，一切便纳入正轨。

彼此拥抱，当然，激动和眼泪刺激起了一连串假设，它们在在场者的头脑中一一产生，然后又一一消退……上校最近是不是接受过一个精神科医生的治疗？……此外……那么多的情感流露……是不是……哦，不，不……不会是那种情况的……他们两人，谁都不像是会那样的……然而，确实有什么别的……冯·施瓦伯上校，年纪那么轻，军衔相对那么低，却跟柏林方面，帝国首都，有着相当铁的关系……他可能会了解别人都不知道的一些事……比如，他可能知道这个阿尔巴尼亚医生是不是会被突然任命为……阿尔巴尼亚总督。

然而，情感还在继续流露。失散兄弟的重逢，就像古老歌谣所唱的那样，真是再令人感动不过了。

上校仿佛看透了他们脑子里的所想，确确实实地正在对医生说着这方面的话语。

尼伯龙根，嗯？雷克－杜卡金法典①，嗯？你还记得你对我说过的那些话吗，在寡妇玛尔妲的那家小酒店里？阿尔巴尼亚的贝萨②，好客。

我当然记得，我怎么会忘记呢？大古拉梅托大夫答道。

他同样也很激动，无疑，但是，一个无法解释的阴影时不时地掠过他的目光。

上校的脸有时候也绷得紧紧的。

我常常梦见这一重逢，他若有所思地继续道。当我有时候谈到你，谈到阿尔巴尼亚时，就像我通过卡尔·梅耶的文字了解的那样，就像你曾对我说到过的那样，人们往往以为我疯了……因为他们不知道连接我们之间

---

① 这是 Dukagjin 的另一种走了样的发音。这一法则或习惯同时也被叫作 kanun 或 canon。（法译者注）

雷克·杜卡金（1410—1481），阿尔巴尼亚贵族，曾起兵反抗奥斯曼帝国。杜卡金尤其因在阿尔巴尼亚北部实行雷克－杜卡金法典而出名。

② 原文为"bessa"，在阿尔巴尼亚语中意思为"真诚"，特指"真心待客"，在任何情况下都不伤害做客之人，哪怕他是交战中的敌国之人，或是有世仇的敌对家族之人。

的是什么样的纽带……他们不知道，当初我以为自己将一命呜呼时，我心里想的人是你。当时，我想你想得那么厉害，突然，我似乎觉得，给我动手术的人不是我们的军医，而是你……你还记得你有一天给我讲过那个可怕的梦，你给你自己动手术？……这大概就是我当时体验的感觉吧……是你在给我动手术，尽管是另一个人在挥舞手术刀……因此，是你从死神手中救了我的命，使我复活……让我苏醒……带我回归！

他中断了一下，把手搭在脑门上，那里有一道很明显的伤疤。当他重又开始说话时，他的语速慢了下来，嗓音变得几乎有些忧伤。

于是……当我接到命令……当有人对我说：带上装甲团，进入阿尔巴尼亚……我的第一个想法就是为你而来。不是来占领的，而是来拯救阿尔巴尼亚的，要把它合并到永恒的帝国中，当然，第一件事，要找到你，你，我的兄弟……因此，我出发时心情轻松，前往这个你跟我讲过那么多次的贝萨之国……

他又中断了，这一次时间很长。

可就在你的城市里，古拉梅托大夫，有人朝我开枪！

他的嗓音现在有些嘶哑，脸色有些悲伤。

听到上校的这些话，军官们的脸阴沉起来。大古拉梅托大夫呆在那里,什么都没回答,只是听着他们。

有人背信弃义地袭击我……侦察兵咽下最后一口气时,传达了消息:我们遭袭击了!这时,我第一个想到的人,还是你。我真是太傻了,因为我信了你的话,在怀旧情感的影响下,我送那些年轻人白白去死。这一点我毫不掩饰,怀着一种可怕的愤怒,我大声叫嚷:古拉梅托,叛徒,你那阿尔巴尼亚的贝萨究竟在哪里?

原来这才是他想要的啊!他的下属差点儿喊出声来。事情终于跟他们一开始猜想的一样了:大古拉梅托大夫完蛋了。

大夫本人却纹丝不动,什么都没说。上校的嗓音越来越沙哑。我让人传达了一条信息给你。我让飞机为你撒下了成千上万的传单:我作为朋友而来。你还接待不接待朋友了,哦,当地的主人?而作为回答,现在我有那么多侦察兵被杀死了。当我看到我这些士兵的脑袋在三轮摩托车上轻轻摇晃,不瞒你说,我真的想大声吼叫:我们在寡妇玛尔妲那家小酒店里推心置腹的那些话都到哪里去了?古拉梅托,你的贝萨到底在哪里?你怎么不说话了?

大夫终于开口了。

袭击你的人可不是我,弗里茨。

哦,是吗?不是你啊?那就更糟。是你的国家在袭击我。

我站在自家门口回答,而不是站在国家门口。

这是一回事。

这可不是一回事。我不是阿尔巴尼亚,完全如同你不是德国,弗里茨。

啊,真的吗?

我们是别的。

上校低下眼睛,就那样待了一会儿,一脸思索的神情。

别的……他喃喃而语。说得好。你真是个怪人,古拉梅托。你总是那么怪。你会是一个超人吗?你还是不是这个世界上的人啊?

那你也不是了,弗里茨。

你的意思是,正因为如此我们才无法跟其他人彼此理解了?

也许吧。我一直就是原先的我。

那我就不是了吗?你以为,我穿了军装,负了伤,参了战,得了铁十字勋章,我就变了吗?我这么对你说吧:根本就没有。

假如真的如此,弗里茨……假如你还是原先老样子,我就照我们曾说过的那条规则,请你来我家吃晚餐。就今天晚上。

上校用手扶住了额头,仿佛被人打了一下。他的目光冷冰冰的,简直可以说他是在反抗:我还去那些朝我背后开枪的人家里吃晚餐?

在回答之前,他拥抱了古拉梅托,但这一次有些冷淡。后者把这拥抱看成一种拒绝,僵在了原地。但是,回答却出乎意料,完全不同。

我答应你我会来的。然后,他凑到他的耳边,悄悄地说:我不认为你会毁了你的贝萨。

说到最后那几个词时,他一部分用的是阿尔巴尼亚语,一部分用的是古德语。

当夜幕笼罩了城市时,大古拉梅托大夫感到心中侵入了一种情结,他从来没有体验过如此深切的情感。当准备晚宴的种种声响飘入他的耳朵时,他从三楼的前厅往下盯着大门,来宾马上就要敲响它了。

*

他在说定的时刻来到,很奇怪,之前并没有任何声音或动静,仿佛他飞越了城市上空而来,为的是不被人发现。

东道主正是这样解释这一寂静的,而来者要求他的第一件事,就是请他拉上窗帘,关上唱机。

让他惊讶的是,另一位回答说:决不。既然弗里茨·冯·施瓦伯上校答应了邀请,更何况这还是在阿尔巴尼亚,那么,照当地的习惯,灯光就该继续亮着,音乐就该继续响着。

你邀请我来赴晚宴,我这就来了!他说,嗓音悦耳。

他面带笑容,轻松活泼,登上了楼梯,身后跟着他的属下,最后还有一个士兵,扛了一箱香槟酒。

于是他们进入大客厅,跟女主人以及女儿行了吻手礼,当然也没忘记向那位当女婿的致以简短的问候。

在客厅中就座,打开香槟,选择唱片,这一切费了一点时间。总是有某种别扭存在,它源于这样一个事实,还没有任何一个阿尔巴尼亚家庭接待过德国军人,同样,德国军人也从来没有落脚到过一个如此的地方,但是,一旦来宾们在桌前落座,这种别扭就被克服了。

一下子,气氛似乎轻松下来。他们愉快地祝酒干杯,饭桌上的话语跟香槟酒的冒泡和谐融合,而香槟酒的冒泡又融入了交叉的谈话声,它们既不产生令人厌烦的连续性,也不导致掉链子。上校和东道主好几次悄悄地咬耳朵说话,毫不掩饰他们正拿学生时代的往事彼此揭短,搬出一大堆烈酒和姑娘的名字,而这时,古拉梅托夫人,带着微笑的眼神,让人明白,她对这些丑事儿一点儿都不生气。

啊，救世主！过了一会儿上校叹息道。尽管这句话说得并不太响，大厅中还是顿时静了下来。啊，救世主，于是他重复道，多少个星期，多少个月以来，我一直梦想着能置身于眼前这样的一个房屋中！

他的眼睛又一次朦胧起来，他的嗓音柔和了下来，就像几个小时前在市政厅广场上那样。

被死亡和仇恨紧紧包围，在被扫荡的欧洲度过了那么多星期、那么多月之后，他低声继续说道，我只梦想能有一顿这样的晚餐，古拉梅托，我的朋友。刚才，我对你说，我时常成天成天地想你，你可能觉得有些太夸张了。但是，请相信我，我是真诚的。在这忧伤的大陆中我梦想被接待的所有房屋中，第一个，在所有其他之前的，就是你的家。

我相信你的话，古拉梅托平静地答道。

我谢谢你，好兄弟。它有双重吸引力：一是因为这是你的家，二是因为这是一栋阿尔巴尼亚房屋。恰如你曾给我描述过的那样，雷克·杜卡金。你会给我你的贝萨吗，哦，东道主？多么精彩的格言啊！我在不断地想，若是说，我们的日耳曼古老习俗跟你们是那么相像，那可绝不是一种偶然……那些被世界遗忘了的，而我们将努力复活的法则……这就是我一路走过被寒冬冻住的欧洲时对我自己说的话……我们拥有了一切，我们正在赢得一切，然而某种东西却为我们所缺……

趁着沉默的当儿，一个军官想举杯祝酒，但上校的目光让他立即就放下了酒杯。

他的演说变得越来越晦涩。

就像我对你说过的那样，当我接到占领……就是说……合并阿尔巴尼亚的命令，我的第一个想法就是：我要去我兄弟的家。我要找到他，不管他在哪里。就这样，我来了……但是你……

你？

来宾们你看看我，我看看你，然后寻求着捕捉东道主的目光，仿佛他们在恳求他躲避这番对话。

大古拉梅托大夫的脸色又一次阴沉下来。

你，你袭击我，古拉梅托……从背后，像个叛徒！

不是我，大夫平静地反驳道。

我知道。但是你知道得比我更清楚，按照雷克－杜卡金法规，你们的法则是以血还血……德国人的血已经流了……血从来就不会白流的……

大古拉梅托大夫眼睛一闭，静等着判决。

八十个人质将以血来洗清这笔血债……就在我们吃饭时，他们正被逮捕，一家接一家……

主人的脸僵凝了。他肯定听说了这件事，但他以为命令会被撤销。

所有人现在都等着他的回答。人们感觉将有某个东西从这静止不动之中出来。比如：你为什么给我讲这个？或者：我把你当朋友请来，请给我留一点面子，恰如我给你留了面子。或者更简单，他说出饭桌上翻脸的那老一套。而在这之后，他将如法则规定的那样，跑到窗前，向整个城市宣告，德国朋友辱没了他的晚宴。

大古拉梅托大夫并没有如此行事。他要说的话将会很不同，他早就预感到了，但，别的更为不同的东西占据了他的脑子。

实际上，那并不是一个想法。那是某种突如其来同时又很不恰当的东西，在一个不合时宜的瞬间从他的脑子里冒出，它跟上校几小时前在市政厅广场上让他回想起的那个奇梦似乎很有关系。他以从未经历过的迅雷般的方式，在一片炫目的光亮中，重又看到了那个梦境，只见自己躺在手术台上，但突然又意识到，要给自己动手术的外科医生不是别人，正是他自己。他的惊讶达到了某种地步，不过，这在一个梦里还是很有可能，但是，给他印象最深的，还是另一位的表情。它让人无法猜测，他到底认出他来了没有，他甚至很想对他说：是我呀，你不记得我了吗？其间，那外科大夫，手拿手术刀，似乎认出了他的身份，尽管是以极其秘密的方式，仿佛他发现了一个讨厌鬼,而古拉梅托,再一次渴望对他说:小心,刀下留情啊,你难道没看见是我吗,也就是说,是你自己吗?但是,这时医生又戴上了口罩,他就得透过那玩意儿猜测他的表情了。它很多变。有时候,它让人猜想,很自然,他会把他当自己人怜悯,而另一些时候,则刚好相反,除了他,任何其他人反倒更会赢得他的同情。

他实在很想说:为什么?但麻药已经不允许他再开口了。表情变得越来越严肃。既然我把你捏在了手中,你会看到我将让你忍受什么。

酷刑还在继续:我在开玩笑呢,你是我,我怎么会让你受苦呢?然后,立即又说:傻瓜,你难道还不知道吗,一个人最可怕的敌人就是他自己?你难道还没有记住,如果说你有运气能摆脱另一个人,你却永远也不能摆脱你自己?口罩朝他俯冲下来,就在他要对他划下第一刀的那一刻,他大叫一声醒来了。

饭桌上,上校正在对他说着什么,但他的嗓音似乎从外边传进来,他也不肯定能真正抓住他说的词语。你让我死而复生,古拉梅托。嗓音很轻,轻得不能再轻了:你让我死而复生,你就将不幸了。

确实,眼前在此发生的事写下了他的不幸。满城四处,人们确凿无疑地把他当作一个卖国贼。此后的日子里，岁月里，甚至直到他死后，人们将始终这样看待他。

他真想大叫一声，像以前在梦中那样，在他的学生单人床上，来结束可怕的噩梦。他终于能张开嘴唇了，但是，出来的不是叫喊声，而只是那四个词，维持在一种再平静不过的语调中：

释放人质，弗里茨！

饭桌前，一切全都凝固了。

什么？①

东道主满脸忧伤地瞧着他的客人。

释放人质，弗里茨！他重复道：*释放人质！*②

你竟敢？……

嗓子眼中的一个结让上校无法继续说下去。

你竟敢给我下命令？

在他还没有说出来之前，所有人全都明白了那句话。

他脸上的伤疤烧红了，然后变得苍白。

你甚至竟敢用拉丁语来重复它？你疯了，古拉梅托！

---

① 原文为德语。
② 原文为拉丁语。

东道主耸了耸肩膀，对这一动作，人们可以给出各种解释。

上校凑到他的脸前，仿佛想证实他真的是大古拉梅托，而不是一个外乡人。

假如你不是……

尽管上校没有说完话，所有人却都明白他准备要说：假如你不是我的同学，我们曾一起在那小酒馆，在那欧洲……坐在这张桌子前的所有人就会通通完蛋。

他终于克制住了自己，没有把这些词语说出来，他一只手搭在大古拉梅托的肩膀上，仿佛是在对待一个惊慌失措的人，想安慰他。

他以一种窒息的，几乎有些甜蜜蜜的嗓音，伴随着一丝狡猾的微笑，说道：

你用一种古老的死语言给我下命令。请问这到底是什么意思，我亲爱的朋友？

大古拉梅托摇了摇头表示否认，但是人们不可能从他保留下来的那些话语中，抓住他实际上想抛弃的话。

饭桌上的其他军官睁圆了眼睛，注视着这一场景，他们的手一会儿去摸手枪柄，一会儿又去摸香槟酒杯，循环轮番。

上校再次重申了他的问题，并补了一句：难道是出于对德语的蔑视？

大古拉梅托摇头表示否定。

我真的很想知道，上校坚持道。我的军官们也一样。

大古拉梅托的解释相当模糊。这不是什么德语不德语的问题。拉丁语，他当时就很喜欢，并且一直都会喜欢下去。至于他那个句子，脱口而出完全出于本能，毫无预备。兴许，是对那几年学校生活的怀念。当年他们就曾用这一语言来彼此交流各自的秘密。更何况那还是一种中性的语言……超越那些风暴……超越我们之上……人们已经好几百年没有用这种语言下达过命令了……

好一会儿，上校就那样停留在梦幻中。然后，他喝了一口香槟酒。

你要求我释放人质，他用一种平静的语气说。那么，就请给出一条那样做的理由来吧！

他们的无辜，医生回答道。我用不着别的理由。

他提到，一个个家门被砰砰敲开，而人们正在家中吃饭。怎么会挑中了他们？可有罪行记录在案？

上校回答说，这就如同在所有的报复行动中一样，那些家门都是随意挑选的，每十家敲开一家。

谈话看来要卡壳，这时，上校突然提高了嗓门。

古拉梅托大夫，你要求的恰恰就是我本人强调的：

正义，你听明白了吧！是谁朝我的侦察兵开的枪？把罪犯交给我，我马上就把人质还给你。马上，我说到做到……按照雷克·杜卡金的贝萨！

大古拉梅托没有回答。

上校叫嚷起来：跟城市的契约已经缔结。它生效了。交出罪犯来，我还你们人质！

古拉梅托无话可说，上校把脸凑到他的额头前。

假如城市不愿意把他们交给我，那么，你，你来把他们交给我好了。

大古拉梅托什么都没有回答。

古拉梅托，我的兄弟，上校继续道，口气温和下来。我不希望让阿尔巴尼亚人流血。我是作为朋友来到这里的……带着承诺……礼物……但是你们袭击了我……

他的嗓音又变得悲伤，破碎。

他们到那时为止还热烈地互相凝视的目光，现在却开始互相躲避了。

把他们的名字给我，上校的口气几乎像在恳求。把它们给我吧，人质马上就会还你的。

大古拉梅托摇了摇脑袋，但没有丝毫狂妄的痕迹。

我不能够。就算我愿意，我也做不到啊。我不知道他们都是谁。

上校以一种慵懒的神态打量着他。

我不知道他们的名字，大古拉梅托继续道。他们也没有名字，他补充说。

哦，这个，你在嘲弄我。

我没有嘲弄你，弗里茨。他们确实没有名字。只有绰号。

一个军官，显然属于盖世太保，点头认同。

上校两手托住了脑门，与此同时，这家主人凑到他耳旁，就像刚开始吃饭时互相交流在寡妇玛尔妲小酒店中的秘密。

他听了一会儿，然后，以一种微弱的嗓音，开口说：古拉梅托，你了解的秘密真多，所有人都不知道的，你全知道。

大古拉梅托的回答是那么怪，到后来，不管你从哪个角度看，它都显得令人难以置信。

人们已然能推测，晚宴的好几个阶段，其中无疑包括这最后整整一个阶段，今后将成为怀疑对象。

大古拉梅托的惊人回答是：那你就活该。释放人质！

我不能。

从这时候起，是上校在使用跟他一样的词语。

你能，古拉梅托说。你知道你能。

不。

你知道你能。

既然没有名字,那你至少可以告诉我绰号吧。

其他人一点儿都不明白,旁听着这一怪异的争论。

对话者轮番显出罪人的样子,一会儿是这个,一会儿则是那个。耳畔的嗫嚅把场景搞得那么乱,以至于人们根本就琢磨不透,到底是谁在下命令,谁在听命令。无可争议,大古拉梅托大夫跟他们想象的大为不同。看来,把他当作未来总督的人选,也并非不适合,就像他们在市政厅广场时想的那样。不仅是一个阿尔巴尼亚,而且是两个阿尔巴尼亚的总督。

他们的交流很难掩饰一种痛苦。他们对他们的苛求尽管明确而又具体,却突然间变得不可触及。他们似乎全中了圈套,根本无法脱身。

大古拉梅托大夫确确实实是一个神秘者。对于他,总督的头衔似乎也不是篡夺的。兴许还是大阿尔巴尼亚的总督呢。且不说是整个巴尔干半岛的总督。*就这样*①!总而言之,这是他的行为给人留下的印象。兴许,将来某一天听到上校称呼他为"阁下!"时,他们甚至也会毫不惊讶。

---

① 原文为德语。

这可不是弗里茨·冯·施瓦伯说的话，但那也差不太远了。
　　我同意给你七个人质，他终于软了下来。

第五章

正是在这一时刻,有一点多少变得很显然,所发生之事体现出两种面貌:一面,内部的,在大古拉梅托大夫的住宅中;另一面,外部的,在城市本身中。直到那时为止还一直分开的它们,开始以不太自然的方式突然连接,就像中了邪着了魔那样。通过这一接触,它们开始永恒地变形,自我膨胀,自我抹却,自我蒸发,总之,两者都显得跟以前大不一样。

然而,一个消息却始终没有变:人质正在被释放。

他们像幽灵一样,离开了市政厅广场,然后走上城区的大街小巷,那里,很久以来就半开半掩的一道道门正等着他们回去。

到处都有声音响起:小心,千万不要提高嗓门,不要吵闹,不要喧哗,因为谁都不知道还会发生什么。他们可能还会回心转意,重新把他们卷走。

趁此机会,人们开始回想起种种人质故事,比很久以来要回想得更多。在这一范畴,几乎每人都有自己的签名。奥斯曼帝国的土耳其兵不同于墨索里尼的部队,后者又跟阿尔巴尼亚强盗不同,而强盗跟马其顿人又没有丝毫相同之处,而马其顿人则跟茨冈人截然不同。在统治者中,人们同样遇到多种多样的风格类型:雅尼纳的帕夏以其行动迅速而吓人,贝拉的帕夏则沉着冷静,不动声色,但这并不妨碍他期限一到,就立即叫人质脑瓜落地。

所有这些回顾只能刺激那个无法绕避的问题:德国人都收到了什么,作为释放人质的交换。人们很清楚,整个人质故事的核心就在于此。把我被劫的妻子还给我,我就放了人质。你想要人质吗,那就把金子给我送来,或者杀人凶手,或者波斯地毯,或者朝我侦察兵开枪的那些人!

德国人的要求一目了然,白纸黑字,在四处张贴的公告上:交出恐怖分子的名单,你们就领取回人质!

从大古拉梅托家中,传出了关于名单的谈话的只言片语。共产党人没有祖国,这一点,人们从马克思先生那里就知道了,但是,要说他们连个姓名都没有,我们则是那天晚上才听说的,那是我们在阿尔巴尼亚度过的第一个夜晚。

顺藤摸瓜,追根寻源,人们也就明白了在这城里外号何以如此时髦。对它的居民来说，事情一点儿都不新鲜。你正跟一个伙伴一起喝一杯咖啡，突然，他半眯起眼睛，大声宣告，把你吓了一跳：听我说，到目前为止，我始终叫切罗·那尔巴尼，但你得知道，从今天开始，我就变成饿狼或北极熊了。

绰号的故事，尽管跟人质的故事相比还算很新，但在优美程度上却毫不逊色。有一些，人们能很容易抓住意思，比如闪电同志，或者铁拳，但另一些显然要含糊得多：空中脑袋、维生素C、曼陀铃脸颊，更不必说，还有一些长串字绰号，例如"机会—把—我们的—脚步—带向——一条—窄—巷子—尽管—用—希腊语—说—你好—别—跟—我说"，这一些似乎真的无法解释，但是很少适用于文字报告中——例如："在某某敌手的挑衅下，机会把我们的脚步带向一条窄巷子尽管用希腊语说你好别跟我说反驳这些和那些……"

很明显，德国人不可能空手而归。不过要知道他们是不是真的骗取了什么名字，或者只是满足于外号，证实了谚语所说的，没了斑鸠，只好吃乌鸫①，这方面，人们没得到任何消息。人们大致可以想象，他们尽管斤斤计较，兴许还是获得了两者，姓名和外号，就像人们

---

① 意思是："没有更好的，只得退而求其次。"

有时既买了面粉也得了麸皮。

会话尽管朝四面八方散发而去，却并没有脱离问题的核心：无论是姓名，还是外号，还是两者都有，大古拉梅托大夫正在完成的，到底是不是一种背叛行为？

所有人都意识到，争论即便持续几千年，敌对的阵营也永远不会达成一致。当然，有时候他们会彼此结成同盟，来反对第三类观点，因为在这样的事情中，第三类观点是不会缺少的，它们相对温和，认为人们很难从外部来判断内部的某个人，同样，也很难从内部来判断外部的人们，这样一来，结头会重新系紧，直到有一个声音高叫道：但是，没错，归根到底，那里到底发生了什么？

其表现继续披着两种外衣：其一是一个快活的大古拉梅托大夫，手拿一杯香槟酒，换句话说，彻底醉了，像是来自外号的王国；另一个，还是大古拉梅托，但严峻而又悲怆，这一次，当然还不能说是戴了手铐，太阳穴上顶着手枪。在后一种情况下，它不得不由另一个形象来陪伴，那就是小古拉梅托大夫，像一个兔崽子那样瑟瑟发抖，躲在他妻子的裙子底下。

又有一群人质被放了出来，跟第一批那样，活像一群幽灵。只有一些轻声的叮咛，别出任何声音，也不要大吃大喝，更不要高兴得太早。显然，这次释放促使人们计算曾一味增长的人质数量，从此出发，也导致了另一种计算，要推断一下需提供多少名字和外号，才能把他们全都释放。

多少个世代以来，城里人就特别擅长计算，而现在，这种爱好变得前所未有地狂热。人们以一种令人眩晕的速度计算着，每交代一个名字或一个外号，作为交换可能会释放的人质数量。很自然，相比于人质的价值，名字只能充当弱币种，有点像是普通法郎对金法郎的比价。

另一些人，并没有计算人质与名字或外号的关系，而是集中精力思考从大古拉梅托大夫家飘出来的音乐，以便捕捉是不是有某种信息隐藏于内中。换句话说，在人质释放之前，它是不是多少有些改变，比如说，它是不是变得轻快多了，或者，正相反，它始终还是老样子？有那么几次，答案似乎是肯定的，还有另一些时候，又是否定的。

当第三批人质，最重要的一批，被放出来时，大多数人都认为，要不，就是德国人真昏了头，要不，就是大古拉梅托大夫的背叛超过了可以设想的底线，与此同时，大古拉梅托大夫的拥戴者，尽管人数很少，却大喜过望，他们的热情甚至导致他们相信，不仅大古拉梅托是所有时代中最伟大的人质解放者，而且有一点也不是不可能的，就在晚宴进行中，消息从柏林传来，他被任命为阿尔巴尼亚总督。正是这样的一招，而不是什么别的，不是什么背叛的后果，才能解释当时发生的奇迹。另外，还是那些拥戴者的看法，手枪顶着太阳穴的那一幕，能被解释是确切事实，但根本不像人们描述的那样：如果说有一个人用枪筒顶着另一个人的太阳穴，那也不是弗里茨·冯·施瓦伯上校，而是，正相反，大古拉梅托大夫，是他紧握手枪，发出命令：释放人质，弗里茨！

这些支持者被看作头脑迟钝，但这并不妨碍他们希望看到所有人质在午夜前获释，各自如鸟兽返巢。

但是，如古书中说的那样，哦，过于幸福的人，别太快乐了：恰恰就在这一希望大大跃进之际，它被一把刀的尖刃嗖的一下切断。在飘扬起唱机音乐声的那栋房子里，有消息钻透了墙壁，冷酷而又尖锐。*停住！停住*①！德国人宣布道。为这座城市我们已经做得够多了！他们又补充说，高贵的德意志灵魂，尼伯龙根，贝多芬，以及等等之流，包括怜悯心在内，都有自己的限度。他们还从来没有为无论谁做得这样多！够了！

到底发生了什么事？这一转变的原因究竟是什么？

---

① 原文为德语。

如同习惯的那样，人们从阿尔巴尼亚古老罪孽方面找原因。照人们肯定的说法，每一次劫掠妇女，无可争议地，都导致一股源泉枯竭。而每隔一段时期便要进行的惩罚性征伐，战鼓咚咚，怒吼震天，在邻国希腊只留下一片废墟和灰烬。沃斯科帕亚的大火，尽管离得很远，城市无疑还是熏得热透。最后，帝国仲裁官，在他们的大箱子中，在银质表链旁边，沉睡着充满了刑罚和恐怖的古老法令。

那是公共罪孽的一方面，喧哗，一眼望去而可见，但更为沉重得难以承担的是私人罪孽方面，阴影中的罪孽。床单、花边和窗帘的白颜色，有时不但没有让你眼花缭乱，反而激起你浑身的鸡皮疙瘩，让你想到，有一些乱伦在你的记忆中萦绕，有一些新娘已经丧尽了名誉，有一些老人咽气在巨大的门厅深处。

他们想着所有这些理由，而后来又带着疑问放弃了它们，直到最后找到了刹车原因：犹太人雅科艾尔。

他们真的不知道他吗，还是把他遮掩了，希望他能有好运，混在其他人当中不被发觉？

根本就不知道，德国人是否意识到，他们随意一撒网竟然就逮住了一条罕见的鱼，这一事实并不妨碍他们为自己展现一个戏剧性场面，大古拉梅托大夫和弗里茨·冯·施瓦伯之间的讨论。

古拉梅托大夫，你破坏了我们的贝萨。这里，有一个犹太人！

一个犹太人，这怎么了？

怎么回事？你知道得很清楚，我不释放犹太人。

犹太人，阿尔巴尼亚人，这都一样啊。

不，一点儿都不一样，古拉梅托。不，绝不一样！

你知道，弗里茨，阿尔巴尼亚人从不出卖客人。犹太人是我们城里的客人。你知道的，我们不会交出受保护的人。

雷克·杜卡金禁止它吗？

我们早已说过了，在寡妇玛尔姐的小酒店。一千年以来便是如此。

上校显得有些犹豫，然后摇了摇头。

雷克·杜卡金，帝国的敌人。我释放所有人，除了犹太人。

不行。

不。

我们已经讨论过了，那里……在玛尔姐小酒店，大古拉梅托以一种几乎窒息的嗓音说。除非你已不是以前的那个你了……

即便是落在他身边的雷电，恐怕也不会比这句话引起更大的惊恐和惧怕。

大古拉梅托大夫,你怀疑我不再是以前的同一个人了?

他们冰冷、探究的目光彼此穿透对方。

我并不想怀疑,大古拉梅托说,语调懒洋洋的。你是原来的你。

尽管轻松了下来,弗里茨·冯·施瓦伯还是选择了这一时刻整了整他的口罩。

时间一小时一小时地过去。

市政厅广场,一片黑暗,四十名人质在冷风中瑟瑟发抖。他们中,比所有其他人冻得更麻木的,是犹太人雅科艾尔。他正准备说:把我交出去吧,好救你们的性命,但他的牙关却不听使唤。他周围,一片寂静与沉默。那么多年来,在所有问题上都达不成一致的共产党人、民族主义者、王权主义者,还是第一次,在他的问题上意见相同。雅科艾尔直想哭,但是,就算是眼泪,他现在都没有。

大古拉梅托家中也一样,说话声止息了。只有唱机还在转。宾客们时不时地斜瞥上校一眼,然后,又瞥大夫一眼,对正在发生的事一无所知。一切似乎都很模糊。人们说,第二道命令刚刚从柏林发来,撤销了对大古拉梅托大夫总督职位的任命,权力重又落到了弗里茨·冯·施瓦伯手中。

然而，看来，两个人都已经受不了了。

上校站起身，在唱机上换了一张唱片。他选了舒伯特的《姑娘与死神》，所有人都知道，已经不再有什么希望了。时间一分钟一分钟没完没了地流逝，只等冲锋枪的扫射声响起……

已经听得见头一遍鸡叫，当地人相信，鸡叫声能驱散幽灵。

大夫和上校之间一阵长时间的嘀嘀咕咕咬耳朵之后，突然，形势发生了彻底变化。没有人说得清楚到底发生了什么，也不知道为什么，弗里茨·冯·施瓦伯上校，铁十字勋章获得者，得到一种深刻的启示后，下达了命令：释放人质。不是一部分，而是全部。

气氛缓和了下来，可以相信，晚餐继续了从他们来到那一刻起的气氛。大古拉梅托的女儿，甜美，亚麻色头发梳理成最时尚的式样，端上来一托盘饮料，为的是庆贺一下彼此的协和。所有人都注意到了她的美，却又装作在想别的什么。所有人，一个接一个，全都狂热地爱上了她，似乎忘记了战争带给他们的麻木。而她，她自然也感受到了同样的东西。第一次置身于密集得如此危险的男性当中，全都是死神的骑士和未婚夫，她也充满了激情，毫无保留地，贪婪地，像是期望着填满无底的空洞……而这，隐约透露在她石膏般苍白的脸上，在她递上饮料时微微颤抖的手上。首先，她把托盘端向上校。上校打量着她焦躁不安的手指，然后朝她脸上投去一道不信任的目光，但姑娘这时已把托盘转向了她父亲，她母亲，然后，再是其他人，而在一丝犹豫之后，转向了她的未婚夫。

他们喝完了杯中物，*祝你健康*①的叫喊声，跟唱机中的音乐声掺杂在一起，这时，传来了第二遍鸡叫。姑娘步履轻盈地离开了客厅，他们却一个个早已喝得醉醺醺，疲惫不堪，随便找个地方就倒下，沙发上，沙发脚下，地毯上，进入到一种可叫作死亡之眠的状态中。

……

显然，是白天的光线唤醒了姑娘。一时间里她并没有意识到眼下该是几点钟了，也不明白她为什么会待在父母的房间，就这么躺着，穿着衣服，在床上。

我做了什么，救世主？她心里说，恐惧地，一只手搭在脑门上。

房子里静悄悄的。她的脚步引导她走向客厅，那里

---

① 原文为德语。

传来一种喘气，像是一个垂死者实在咽不下最后的一口气。

就这样，她发现了他们全体，躺在那里，被晨光照亮，张大了嘴，伸着胳膊：她的父亲，她的未婚夫，她的母亲，母亲膝盖上还靠着一个军官的脑袋；然后她看到了上校，他都没时间摘下口罩，还有其他人，所有人都一动不动，面色苍白，活像一组大型雕塑。

她转身朝向唱机，唱片依然还在转，磁针却早已转到了尽头，发出那种喘息声。一想到，除了她，唯一的存活者，就没有别人会被指控为下毒，她就觉得背上凉飕飕的。

第六章

*日尔曼式和平*①。太阳升起在城市的正面,就在内梅施卡山的山脊上,下落在它的背面,格兰特山后面。这一辐射光越是为人们所熟悉,每天,就越是有那么四五个疯子用望远镜监视它最初的光线,他们手中紧捏的那一副双筒望远镜,使人相信他们在怀疑阳光的出现。

从九月中旬那个使人无法忘怀的夜晚起,这还是第一次,太阳的升起没有被任何人注意,就像在猛犸生活的时代那样。

原因似乎很显然:被夜晚弄得疲惫不堪,所有人都在熟睡中。

醒来本身就是一件大事,它要求很多光线,还有很多杯咖啡,才能被讲述。他们惊讶地发现,自己就躺在门厅中,跨坐在阁楼的横梁上,或者,对大多数人来

---

① 原文为拉丁语。

说，分散在地窖里和楼梯上，总之，是在睡意击倒他们的地方，我们到底在哪里？对这一问题，他们竭力通过找到时刻和日子来回答，至少也得弄明白是星期几，且不说是在几月份。

问题：发生了什么？所有问题中最艰难的那个，直到最后才提出：一道厚厚的幕布立即落下，像是为了更好地阻拦人们回顾事件，这道幕布后面，故事变得模糊，像是有些怕自己。

一架唱机的音乐第一个尝试着穿透它。然后，渐渐地，十分艰难地，人质的忧虑回来了。但是，这一忧虑不仅没有让事情明朗化（他们有八十人，一分钟又一分钟地忍受了焦虑，根本就没有假设或胡言乱语的位子），反而产生了相反效果。一切都在走向含糊，并非因为一种外来的观点，像共产党人或民族主义者那样，都以系统的方式，把错误归咎于对方，而是因为人质本身这一事实。他们中的部分人不愿承认自己曾当过人质，生怕自己再次被捕时，有人会这样对他们说：你，先生，你这已是二进宫了。而另一些人，出于某些隐讳的理由，兴许，出于吹牛的需要，本来并没有当过人质，却迫不及待地说，他们当时就在市政厅广场上，面对着冲锋枪，如此地坚信，他们似乎比真的还更可信。

人质的混乱传染了别的。那天，按照一种根深蒂固的传统,继续被形容为令人难忘,而人们实际上却很难回想起,那天的事件,一件又一件地返回,腼腆而又枯萎。游击队在城市入口的埋伏?只有上帝才知道到底发生了什么事。既没有痕迹,也没有证人,只有马路上两道黑黑的印迹,人们猜想,那里曾有一辆德军的三轮摩托车原路折回。

兴许真的有过一次伏击,被共产党称为英勇行为,被民族主义者称为挑衅,但同样很有可能是德国人的虚构,为报复找借口。

假如情况是最后那种,那么所谓的伏击则有利于这三方面,而一想到这一点,就很难讲清楚那面白旗的故事,因为,白旗似乎已经给了德国人投降的信号。很容易把它形容为幻影,但是,对谁而言的一种幻影?对当地人,还是对占领者?

著名的大古拉梅托家晚宴事件,显然是最神秘的事件。像一个故事中说的那样,它真的开始于大古拉梅托大夫跟他的德国同学青年时代的友谊,完全符合当地民间文化的精神:古老歌谣中奇遇的主题……人们错中错地要把一个女子嫁给青年,就在新婚之夜,哥哥凭借她身上的一个记号认出她原来是自己的妹妹,最后一刻,乱伦行为得以避免……

接下来的,更多地采取了寓言的形式:邀请入席晚宴，分期分批释放人质……更不用说故事的高潮，大古拉梅托家中的那个黎明……德国人凝滞不动地躺在客厅中，医生的女儿以为把他们都毒死了，随后，他们一个个复活过来，像是在复活节，不是一个基督，而是整整的一群……但是，够了！何等的羞耻，快别说了，再用这些无聊的废话来文饰，那就不仅仅是一种羞耻，而且还是羞耻加罪孽了。

如果不是受一个细节的影响，即唱机播放的音乐，所有这些事情或许早就大声说了出来。它彻夜响着，所有人都听到了，人们无谓地把这看成大古拉梅托的一种荒诞行为，属于这个城市早已习以为常的那一类，因为，人们在这里越受人尊敬，他们的任性也就越离奇，不过，人们还是把这样一个事实解释成大古拉梅托的一种怪僻：从占领的第一个夜晚起，他就有了一个突如其来的想法，要让他的唱机像一只灰林鸮那样鸣叫，恐怕没有比这更不可解释的事了。

由于无法破解这一前所未有的休眠的缘由，人们便开始从另一方面寻找一些超自然现象，例如双夜现象。显然，经过一种漫长的等待，它终于成功了，如同狼叼住羊羔那样劫持了白天之后，它把他们扣留在自己的怀中，长达四十多个钟头，然后，肚皮贴地皮地逃跑，在时间的旋涡中解体。

然而，随着思路逐渐清晰，眼睛也同样适应了综合考虑各种情况的功能。市政厅广场上，大铁门两侧，挂起了两面长长的纳粹卐字旗。对面，贴有一条大幅告示，用两种语言写的，德语和阿尔巴尼亚语，宣布刚成立的阿尔巴尼亚警察队伍需招募人员。边门前，一些老年人一大早起就排起了长队。德国士兵不无惊讶地打量着他们的斗篷披肩，他们缀满了肩章和徽章的奇装异服。在他们披风的内衬中，塞着委任状，以及盖了戳子和加签了证字的判决书，证明他们曾为庞大的奥斯曼帝国效过力。

二楼的一个办公室里，阿尔巴尼亚翻译官艰难地把他们的漫长经历译成德语，这些老人首先把宝押在往日经历上，以求能被录用。他们尤其强调了惩罚的多样化和精细度，那可不是一些平庸的刑罚，例如吊死和斩首，而是另一些，无比微妙，例如剥皮、截肢、开水锅浸烫，但同样还有，浸在有蛇相伴的冷水中。他们同样还回顾了如何被大猩猩般的打手绞死，且不说还有生生地活埋，按照两种方式：或是脑袋和上身留在外面，或是倒过来，如此等等，不一而足；直到德国军官打断他们的话头，用选择好的话语感谢他们，然后向他们解释说，德国自有它自己的惩罚习惯，最后还不忘补充说，第三帝国毕竟不是什么蒙古王国，而在老人们看来，这些话语算不得太客气。

这期间，市政日报《民主报》又重新出版了。来自首都的消息也令人郁闷。早先的国旗，真正的，有双头鹰的那一面，摆脱了罗马的斧头之后，又升了起来，与此同时，国家将重新找到自己的流亡政府，甚至已经有了一个摄政班子，由分别代表四个宗教派别的四位成员组成，就等着国王回归了。

来自科索沃的消息倒是更令人鼓舞，人们现在已把它命名为第二阿尔巴尼亚。有报纸的标题甚至还借用了一个外国来访者的说法："从他们只有的半个阿尔巴尼亚，阿尔巴尼亚人现在找到了两个。"等一等，等一等，人们在市政厅咖啡馆里说。这还只是开头。将会有一个第三号，甚至第四号。在普遍欢快的气氛中，有时，一个迟迟疑疑的问题冒了出来：这个第三阿尔巴尼亚，也就算了，我想象那会是卡梅里，但是第四号，我却看不出它会从哪里出来。它肯定会出来的，你放心好了，一个嗓音答道。它将从人们最期待不到的地方冒出来！

对匆匆凑集的城市和谐音每天唱出的欢乐腔调，这些消息还算说得过去，但是，夜晚降临时，共产党的传单又开始下雨般地撒下来，一切又都打上了问号。

什么都不要相信，传单中说。所有这些杂音都是为了支持与占领者的合作。不仅不会有两个阿尔巴尼亚，更不必说什么三个四个了，但是如若再迟疑下去，我们就将丢失还留在我们手中这可怜的半个阿尔巴尼亚了。

传单以这样的词语结束：机不可失，失不再来！这话同时为两个敌对阵营所用，而且已使用了一个多世纪，这使得人们更难把握它今天的意义，更不必说它永远的意义了。

如此的一种混乱，只要有小一半就足以让任何人失眠，早上，那些特别憎恶无政府状态和怀恋旧秩序的人，眼圈还是黑黑的，就走向了市政厅广场，坐到咖啡馆的桌前，在轻音乐的波浪声中，把那些报纸一读再读。

然而，比起通过种种消息、政府告示以及音乐来，对以往和平时代的眷恋，更多地通过另一个细节表现出来。那便是两个医生，大古拉梅托大夫和小古拉梅托大夫，两人都是著名外科医生，无论是在阿尔巴尼亚王权时代，还是在此后的意大利—阿尔巴尼亚—非洲三重王权时代，甚至现今，在所谓的德意志阿尔巴尼亚的统治下，每天都匆匆赶往城市的新医院，而早先，这医院不是别的，正是莱姆齐·卡达莱的住宅，三个月前，它的主人在赌博中把它给输掉了。

一种信念坚定地树立了，只要他们还存在（作为他们自己本身，无论是浮升还是沉降，荣华还是衰退，有还是没有唱机，有还是没有晚宴），地球都将继续转动。

*

实际上，所有人不是喊"吁"，就是喊"驾"。有那么几天，城市似乎陷于深渊的边缘；但是，到了最后那一刻，它又幸运地逃脱了厄运。

随着冬季来临，人们明白，坠落到深渊这样的事不会发生了。表面看来，共产党的武装斗争号召，还有民族主义者的争取和平号召，像是两股对立的风，拧巴到了一起，从中生出了某种既非彼亦非此的两者间的变种。

不幸将以最意外和最可怖的形式爆发：道德丑闻的形式。前所未有的大吵大闹，照《民主报》的说法，在战火席卷的整个欧洲大陆都是独一无二的：布夫·哈桑，市政府官员，被发现在地窖里正跟一个德国人行那苟且之事！

就算一场地震也不会如此地撼动城市。围绕着耻辱的情感，头脑中产生的第一个想法，又是炮轰。这显然是不可避免的惩罚，这一次理由更充分。大古拉梅托大夫——如人们能想象的那样，好些人急急忙忙寻求他的帮助——高高地举起了胳膊：这一回，我无能为力！他还补充说，假如那是一件女人的事，他作为妇科医生，说不定还可以前去找一找弗里茨·冯·施瓦伯，但是，那是一个他实在无法施展才华的领域……

已经超越了底线！这话挂在所有人的嘴上。德国人对当地姑娘们有保留的、几乎尴尬的行为，已经被错误理解了。一场一方并不强暴另一方的战争是不可设想的，而德国人并没有在城市内部行使这一权力，兴许城市突然意识到了它该扮演战胜者的角色，如此，它便放纵了向来小心翼翼掩盖住的它那流氓的一面。

于是，德国人遭到了第二次打击。跟第一次不同，上一年的那次是在公路上，而这一次的牺牲品是个金色头发的新兵蛋子，优雅得像一个姑娘。除此之外，这次袭击，没有人会抱怨说，他们要炸毁城市以示报复。那只是小得不能再小的小事一桩。

但是，你们为什么还要揪住自己的头发，不断高喊"耻辱！"，其他人推理道。这只不过是不战不和政策的必然结果。不战不和，这正是你想要的，不是吗？那好吧，它就在地窖的拐角处等着你呢……

说实话，布夫·哈桑事件，对一道更冷静的目光来说，是典范性的。它表现出跟暂时被人遗忘的大古拉梅托大夫家的晚宴的某些相似点。跟后者一样，地窖事件也可以用两种方式来解释。它远不是一个单纯的阿尔巴尼亚案例，就像人们开心地一再重复的那样，它触及了某种普遍性的东西。例如，人们很可能想到《慕尼黑和约》，即便把布夫·哈桑的名字跟内维尔·张伯伦的大名掺杂到一起不免显得有些牵强附会，但从根子里说，事情的性质是相同的。

然而，畏惧和羞耻的气氛到处弥漫。只是，有时候羞耻心稍稍压过了畏惧心一头，而另一些时候，正好相反。

另一些行动也在策划中，有的公开，有的秘密。比如说，正当布夫·哈桑的两个儿子守着烫手的炸弹，恨不得在炮轰城市，所有问题彻底了结之前，用它来杀死他们那玩同性恋把戏的父亲，这时，新政府的新总理梅赫迪·弗拉舍里[①]来到了城里。一种普遍忧虑的说法在人们中流行，说是，阿尔巴尼亚最辉煌家族的这一后裔，不得不在一种如此焦头烂额的局势中开始他的任期。

他的来到和离开，都是在夜晚悄悄完成的，没有晚餐，没有音乐，考虑到其拜访目的，实在可称是芝麻绿豆般的小事，根本就没有阻挡平静的推迟返回。

---

① 梅赫迪·弗拉舍里（1872—1963）：阿尔巴尼亚政治家，曾两度担任首相之职。

然而，从阿尔巴尼亚的两个首都，无论是内地的，地拉那，还是外边的，普里什蒂纳，都传来了安定的消息。人们说，他们已经抓住了共产党的头目，抠出他的眼睛后，就已经打发他到地拉那以太贝清真寺，去给死人穿衣打扮了，这正是他先辈的职业。

跟其他种种东西一样，布夫·哈桑的罪行开始在人们的记忆中日益淡化。如同一通狂风骤雨的发作往往会留下一些碎片在身后飘散，依然还在空中飞旋的，只有几个暧昧的词语，但它们也将渐渐稀少。

尽管还有那些微不足道的小事，或者面对一个小孩突如其来发问时的某种难堪：妈妈，布夫·哈桑大叔跟德国先生在地窖里到底干了什么？人们还是可以说，平静终于复归了。

秩序回归的最确切信号，是人们重又将注意力集中到两位医生身上，或者更准确地说，集中到两相比较下各自行情的假设上。人们对此习以为常，就像习惯了日复一日的日出日落那样，要持久地沉湎于种种更新的方式，显然已经太晚了。跟以往一样，他们间假定的敌对迟早总要跟国际形势挂上钩，而从现实形势来看，德国人的前景已经不再一片光明了。乍一看来，人们恐怕会想，大古拉梅托大夫将显露败象。然而，这一位的下沉，只取决于他跟小古拉梅托大夫的关系，人们一下子想到，要是德国人溃败了，所有人都会有好处，除了意大利，而在所有情况下，小古拉梅托都要承担后果。

　　从此，两个人都在新的外科楼工作，它占据了卡达莱家巨大房屋的楼上一层。人们很开心地想到，至少，在那里，面对死亡，人们将表现得更淡定。然而，情况正好相反，你想发现内战的真实面貌吗？那么，你就去两位古拉梅托大夫的科室中看一下吧。这就是当时日报记者所写的。血淋淋的包敷，仇恨或恐惧的号叫。在死神的紧逼下，病人们不仅平静不下来，而且，可以这么说，担心没时间最后一倒心中的苦水，便迫不及待地诉起苦来。这足以解释为何有那么巨大的嘈杂、咒骂、喘气、叫骂"卖国贼"的，紧接着这一切的，自然是小药瓶的输液、针筒的喷射，甚至截肢，而一个病人竟然还恳求把他锯下来的胳膊暂时保留一段时间，宣称是出于情感理由，但实际上，他把它留在一边，为的是斗殴时派上用场。

　　照同一位记者的说法，如果说两位古拉梅托大夫都很难克制一种如此的情感宣泄，他的印象是，他们却只梦想着一种停歇，以便最终能挥舞手中鲜血淋漓的手术刀和钳子，更好地扑向对方。

　　暮色苍茫之际，则轮到另一人接替来自上方的忙乱了。房屋的旧主人，莱姆齐·卡达莱，暖暖和和地裹在军用被子中,坚信那些呻吟就是他自己发出来的,以一连串自编的咒骂来补全它们。他把他的旧房子当作老淫荡女和脏婊子。然后他低声抱怨:好家伙,从今往后,你将永远尿血!我了解你的两重游戏,你确实值得我把你扔进罐里。我把你玩了,又输了,腐臭透顶的女人,超级婊子!

夜晚日渐凉爽,他总是越来越深地钻在被子底下,然后,把脑袋蒙起来,人们以为能听到他在吟唱:

母亲啊,我不知是做了美梦,还是闹了一场噩梦,
见我们家的房子变成了一个医院?
醒来时,母亲啊,悲泣声将我窒息,
我愿意把它烧毁,把它输在赌场。
我所做的,母亲啊,我现在孤身一人,
我妻子在雅尼纳,你也已经过世。
莱姆齐是我的名,我的姓是卡达莱。
你早该把我毒死,根本不给我喂奶……

*

一个个星期在匆匆离去。冬季让它们忍受其法则。

而瞎子维希普则要服从另外的规则,从上一世纪,报纸还不存在的时代起,他就在创作老曲调。他生来就是瞎子,像他的名字所表明的那样,但是,尽管从未见过这世界的模样,他的诗歌却是那么确切,充塞着人名、街道名,还有日期。当然,他是有求才应,因景而作,为的是换取菲薄的收入:生日啦、颁发勋章啦、理发师的宣传广告啦、更换地址和时刻啦。其他的,到手的是什么就是什么:法院的判决、诉讼、丑闻、市政公告、坠马、违法通知、公共道路上的醉酒、政府的垮台、货币的贬值,等等。那些喜欢听的人,便在他划地为营的街角停下,请他朗诵上一段诗。他也就欣然来上一段,然后,就看人们的兴致高低,他将得到赏钱,或分文未果。

有时,求诗的人,出于各种理由(比方说,遭到威胁,或者订婚关系破裂),会要求从他的保留节目中取消一些诗,当然总是有报偿的,而且往往付得要比他们订货时高得多。

这便是瞎子维希普的日报。如果没有任何人来订货,他则很少会,实在是很少会,他自己这样说,仅仅为自己灵魂的愉悦,异想天开地创作其他诗。他的普通诗是那么确切,充满了姓名、数字和日期,同时,他心灵的诗又是那么迷雾重重,难以把握,甚至神秘费解。

四月末，他创作了一首关于大古拉梅托的诗，很是凄凉：

> 古拉梅托，德高望重的大夫，
> 魔鬼有一天把你降服：
> 安排了一次盛大的晚宴，
> 带有美妙的音乐和辉煌的灯烛……

那些听到它的人，一点儿都不泄露内心所想，而是脸色铁青地匆匆走开，脚步远比他们来时更沉重。

大古拉梅托大夫兴许已经知道了这一切，但是，如习惯的那样，他向来轻蔑地对待来自街头巷尾的一切。在瓦罗什街和中学街的十字路口，瞎子维希普常待的地方，也是大夫本人每天去医院的必经之路，听众越聚越多，但是，大夫的脑袋连转都不转一下，径直而去。

两个星期后，瞎子维希普兴许有些恼火，或是有些心血来潮，又弄出一段新诗来。其中的词句让你听了不禁浑身要起鸡皮疙瘩：

> 大夫，你干了什么，在过去的那一晚？
> 你邀请了一具尸体来赴宴……

正是这开头，尤其是尸体一词，古人们用来指一个死去的人，使诗行变得更吸引人，兴许是它触动了大古拉梅托的高傲感，刺激了他，终于，一天下午，近傍晚时分，他在瞎子老人面前停下了脚步。

他做了个手势，让两个在马路上瞧热闹的人赶紧离开，然后说：

你想对我怎么样？

瞎子听出了他的嗓音，耸了耸肩膀：

什么都不想。就算是我想对你怎么样，我也不能呢。只要你在，我就永远不能。

你可没说实话，老家伙。你对我隐瞒了什么。但你没敢说出来。

老人沉默了好一阵。然后，以一种斩钉截铁的嗓音回答道：没有。

大古拉梅托大夫的含蓄是出了名的。这时候，他的沉默显得无穷无尽地长久。

现在，那一次晚宴都已经那么遥远了，他低声说道。连我自己，我都差不多记不得了。你怎么会想起来又提这个？

我不知道。

大古拉梅托朝四周瞥去一眼，确信没有人在听他们。

你真的相信那天夜里……我邀请了……一个死人来赴宴？

我不知道该怎么回答你，瞎子说。

大古拉梅托死死地盯着他。

维希普，他说。作为医生，我很想问你一个问题：你还记得你是怎么丧失视力的吗？

不，瞎子回答道。我母亲生下我来就是那样。

啊……这么说，你从来就没有看见过活的人啦？

活人死人都没见过，另一位回答说。

啊……大古拉梅托重又松了口气。

你会觉得这很怪，我可以断定，瞎子说。你奇怪我从来就没有见过活人，但是你会更奇怪，我同样也没有见过死人。

这一点我并不向你隐瞒，大古拉梅托固执地说。因为失明似乎离死亡更近。

你心里说：他既然从来就没有见过活人，也没见过死人，因此，他把他们都弄混了。

我可什么都没说，大古拉梅托回答道。你都看见了，我既没有威胁你，也没有承诺任何什么。你心里怎么想的，就怎么做吧。

当他走掉时，瞎子的嗓音从他背后传过来：

愿上帝保佑你！

第七章

一开始，它显得只是军队的一种寻常调动，后来才显出了另外的真面貌。没人会想到，德军的撤退，至少在这两个国家，希腊和阿尔巴尼亚，会披上一件如此普通的外衣。一眼望不见尾的军车队，在大路上走了整整一夜。因为尘埃的污染，曙光显得很细弱。一场细雨，变成了雪霰，模糊了房屋的窗子。由于这一点，城里人对当时最重要事件的漠不关心，也就是自然而然的了。

就在这似是而非的上午，驻扎在格里霍特兵营中的团队也前来加入了无穷无尽的纵队，在它后面，则是扎营在城区的部队。

跟那些后卫部队，既没有告别，也没有招呼，而扬言炸毁城市的威胁，以及其他威胁，突然变得那么过时，那么不恰当。

人们降下了卐字旗，换上了另一面旗，国旗，上面有孤独的山鹰。

于是，士兵们根本没有表现出丝毫羞愧或骄傲的迹象，也没有注意到城里人的漠不关心，便爬上军车，仿佛机械一般，相信他们不去干什么别的，而是冲向另一片领土去战斗，甚至是去简单地送死。

另一个制度

中午之前，游击队进了城，不是通过一处，而是同时通过三个不同的入口。他们跟德国人一点儿都不像，然而，跟人们想象中的模样就更不像了。他们一副目瞪口呆的神态，环视着高楼，然后，腼腆地，露出了微笑，对人们扔过来的鲜花不知所措。

而那些在小街上艰难上坡的骡子，则以更明显的方式，表现出了疲惫。大多数骡背上都驮着小炮，还有军粮弹药。然而，按照牵缰绳的游击队员的行为来判断，骡背上的负担不太像是武器，倒更像是面粉或者圆盘形干奶酪。

最吸引人们好奇的，是那些女游击队员。她们的外表十分多样，有的梳辫子，有的留短发，一绺刘海，十分时髦，甚至还有金发女郎呢。关于她们，早已流传开种种最为矛盾的说法：有说她们是红色处女，你一句话说得不当，就会把你弄死；有说她们是爱情的真正复仇女神。或许正因为这个,英国人在空投武器的同时,也投下了大量避孕套,从而激起了司令员的愤怒,导致了他跟不列颠人的第一次关系疏远。

眼前的景象再和平不过了,然而,所有曾经猜想的事情都正在发生。随着一声声击打在各家门口响起,传来了女人的哭声,然后就是尖叫声:他什么都没干……叛徒,快滚开,臭不要脸的……不……到最后,则是清脆的枪响。

另一些小队,在"当地人"协助下,那是人们送给城里地下共产党的外号,正在实施逮捕。

正是在中午刚过不久,市政厅的旗杆上升起国旗时,他们冲进了医院,来抓大古拉梅托大夫。他们二话不说,就把正在手术台前的大夫双手铐了起来,然后才让他去洗一洗鲜血淋漓的手,但他说这恐怕没什么必要了,以为他们马上就要枪毙他了。

当他因手铐的束缚而艰难前行时,他的目光不由自主地落到了市政厅上空飘扬的旗帜上。它稍稍有些改变,但并不像人们想象的那么大。

快点走!一个游击队员对慢吞吞地拖着步子的大古拉梅托呵斥道。他示意了一下手上的手铐,像是要说,他可不习惯戴着它走路,但另一位并没有理解,重复道:快走!

旗帜上始终有一只山鹰,但并不如人们叙述的那样,有三个脑袋,而是一如既往的有两个脑袋。

走这边,游击队员一边说,一边穿越十字路口。大古拉梅托大夫本想问一句:我都干什么啦?但他的目光立即就被旗帜勾住了。

在双头鹰上面,他看到有一颗星,但没有看到第三个脑袋,而按最乐观者的说法,这三头鹰标志着共产党人、王权主义者和民族主义者间的和解。

哈,哈,大古拉梅托大夫内心深处笑道。他的眼睛一直不离开旗帜,可以相信,对这问题:我都干什么啦?答案马上就将出来。

街两边满是看热闹的人,有两个弹曼陀铃的人,几个交通员加快了脚步。

旗帜谜一般地迎风飘扬,让人难以猜想任何答案。

一个交通员气喘吁吁地跑来,来到队伍跟前,结结巴巴地说了些什么。

停下,小队长命令道,自己第一个停下脚步。他不无惊讶地打量了一下大古拉梅托大夫,然后,为他打开手铐,小心地不让自己的手沾上血迹。

请原谅,搞错人了,大夫,他嗓音平静地说。

"当地人"饶有兴趣地观看了这一场景,在游击队员耳边说了几句。听者连连点头。当他走开时,大古拉梅托大夫相信听到了小古拉梅托的名字，但他自己就不去趟这浑水了。

好一阵，他直想找一个水池子，好好洗一洗手，但他记不起来，这附近有没有水池子。

快走到医院时，他远远地认出了同一支小队，正从对面走来。中间押着小古拉梅托大夫，像他刚才那样戴着手铐。

他们彼此会意地点了点头，根本就不明白其中的奥秘，这时，大古拉梅托大夫脑子里，一丝光线突然亮起来，点明了刚才发生的事。"当地人"习惯了这样一种思维，即一个人的福或祸，总是自动地跟另一个人相颠倒，他便说服了小分队，对大古拉梅托大夫的错抓，可以证明该抓的人就是小古拉梅托。

大古拉梅托坚信他的同事将被释放，他钻进了医院，用德语嘟囔了几句粗话。

确实，稍晚些时候，小古拉梅托大夫也回来了。他们互相拥抱，仿佛很久没见面似的，引来周围女护士们的一片激动。正在这时，无法想象的事发生了。另一支外表更粗暴的小分队突然出现在医院门口。两个人彼此对视一眼，似乎在说：事情还没有完呢！他们已经准备束手就擒了，但这一次，小分队要做的事超出了理解范围：他们前来逮捕两个被送来急救的病人，其中一人还处在全身麻醉中。

两位古拉梅托大夫惊诧得简直说不出话来：你们昏了头吗？这人的伤口刚缝上线，你们就要带他上车吗？是你自己才昏了头呢：别废话，我们是奉命行事。而我们，我们决不允许你们这样做，别废话！你们不允许我们这样做吗？哈，哈，哈！

护士们都站在医生这一边。但小分队顽固坚持。他们立即给两个医生戴上手铐，一干人朝市政厅方向扬长而去。

一个小时后，人们看到他们在一派嘈杂声中回来了，小分队和医生走在一起，医生手上的手铐已经摘除。一个头发灰白的男子，所谓公正不偏的法律行家，苦苦地综合着各种不同观点，但是白费劲。所有人都尖声叫喊，打断对方的话，在对方鼻子底下挥舞着手枪和针筒。你在哪里看到的这家伙正在咽气？他都断了一条胳膊，你还想把另一条都铐上吗？这就是你们的人道主义吗，啊？还就对了，人道主义，正是！你想怎么着，让罪人随心所欲地杀人，然后，为逃脱人民的惩罚，干脆，往医院一送：大夫，帮我把这小痘痘摘除了——你要的就是这个吗？但是，谁能听取这样可笑的笑话？

灰白头发的男子终于找到了一个折中办法：那些人追寻的病人既不被捕，但也不能自由活动。护士长想起来，这栋房子的西翼有一个带铁栅栏窗的房间，按莱姆齐·卡达莱的遗嘱，等将来某一天他丧失了理智，人们就该把他关在那里。

他们把受指控的病人带到那个房间，派了一个游击队员守在门口，他握了一支长枪，腰上还别了两颗手榴弹。

正第二日，上午

三百人团，人们就是这样称呼那些古老的仲裁官的，尽管很久很久以来，他们早已达不到这一实际数量了，现在，他们出现了，如同不久前那样，出现在现已改称人民委员会的市政厅门口。他们重又带来了以往的种种印章和法令，并且一如既往地强调他们丰富的经验，坚信他们还能继续为国效力。

委员会头头一边听着他们的话，一边难以掩饰某种满足。它不像是假装的，并且在会见结束时反应在他的感谢词里。尽管出现于别的时代，他们却比所有那帮子知识分子更懂得革命的精髓本身：不可或缺的暴力。

老人们倾听着种种表达法，新时代，新法律，毫不掩饰他们本来会有的惊讶。然而，当他们离去时，他们也没有掩盖心中的一丝满足，要知道，他们的效力本该那么有分寸地避免产生满足感。

负第二日

除了被抓的那些人外，外科楼里，还有另外三个手术病人依然处在麻醉中。他们苏醒过来后，科里的一个女护士，也不知道是为什么，竭力向他们解释，不仅他们的阑尾、他们的病肾被摘除了，而且，他们在一个新制度底下赢得了新生。

他们很难明白这一点，更难想象那女护士是出于什么理由要承担义务给他们讲述这一切。第一个从中听懂了什么的人，是那个摘肾病人。他开始对另两个病友解释起来，他说得那么热闹，以至于另外两三个病人也好奇地凑了过来，像是来听一个美丽动听的故事。据摘肾病人的说法，城里已发生了一些极重要的事，甚至就发生在他们的楼里，但是，因为陷于一种深深的酣睡中，他们对此一无所知。

他发现其他人似乎并没有他期待的那样兴奋，便又从头开始说了一遍。城市被搅了个天翻地覆，而他们却处在某种虚空中。我们处在一种停止了的时间中，你懂吗？时间在向前，时辰、日子，一切都在向前，而你，你却停留在某个无名称的东西上。一种没有时间的时间。一种在零之下的时间，你可明白？负号：一种负的时间。

我可什么都没明白，老兄，另一位回答道。说得简短些吧：这个新制度，它是什么？

另一个制度，制度改变时，这是常有的事。第一天，通常，人们把它叫做零日。然后，开始计数：一、二、四、以此类推。当我们被打了麻药后，不妨记住当时是某一天，某一时辰。我们冬眠了；一下子，我们就被扔到了时间之外。但是，时间，它，它可是不耐烦的，它不会等你，它自顾自向前。于是，我们来到了零日。然后来到第一日。但是我们，我们错过了车子。他们，他们到了第二日，而我们，甚至都没有到零日。我们还在零之前。你明白了吧，现在？

明白个屁，一点也不！另一个答道。

在零之前，另一位又说了一遍，语气中不无某种轻蔑。那么，我们应该回归到零，之后，我们就会有个概念了。

你把我们绕糊涂了，阑尾病人说。干脆告诉我们，是谁赢了。说实话，我才不在乎呢，只要不是坏蛋就成。

我想，恐怕不是别人，还就是他们呢，第三个人说。

不！另一个说。你都对我瞎扯什么呀？

在你说的这个制度中，是不是允许掐死自己的老婆？一个拄拐杖的病人问。不妨说，就像在也门？

你想的都他妈是什么玩意啊，你！

当然，各人自有各人的招。

自己的老婆，不，我不认为。至于其他嘛……我实在是什么都不知道。

日子与月份的链接

在所有的新表达中，最常见的跟时间有关。人们把这一时间叫作新时代。

有些日子似乎真的跟这一形象十分吻合。那些日子光明灿烂，轻松愉快，仿佛从洗衣小木桶的泡沫中升起，像床单那样展开。但是，突然有另一个早晨来到，一切都在阴沉的氛围中显得模模糊糊，重又强加了这一概念，即在这卑下的世界中，如果有一样东西永远都不再返老还童，那正是时间。

然而，即便时间不能与青春同化，它也会保留后者的一些东西。就算没有了激流奔腾，一种持久的躁动还是会紧追不舍地伴随它。种种运动不知疲倦地接二连三发生。

比起运动来丝毫不差热度的，是志愿者的巡行，它们正以大量的承诺和威胁走向高潮：打倒腐败，绞死投机分子，国家的绿化万岁。会议一个接一个，没完没了。人们在会上谴责私藏黄金者，科尔夫运河事故，瞎子维希普的诗歌，并且持续稳步地谴责尼采的超人概念。老天才知道，为什么在尼采身上，会嫁接上永恒运动的新枝。

在新时代的两旁，有系统地站立着"重建"一词，即便不能说它就是未婚妻，至少可以说是一个表妹。关于它，如同关于它的长兄，人们写了种种口号，人们处处哼唱种种歌曲。

说到劳动和重建，通常会听到挖运河的事。人们天不亮就起床，挥舞起旗帜，排着队前去挖河。后来，人们明白到，某些运河不但不会增加水量，反而会减少它，而另一些运河，发大水时不但不会起泄洪作用，反而会加重涝灾，尤其是，当关于这些目的的批判开始雨点般落下来时，有一种说法也隐约萌芽了，说是挖这些运河，除了人们已了解的目的外，还有另一个目的，隐蔽的。而且，它甚至还是最根本的目的。

别再这样张口结舌地瞧着我，仿佛这是个世纪之谜，一个刚被抓的工程师对两个狱友说，跟他们一样，他也是被当作破坏运河者抓进来的。这是一个很古老的故事，可以上溯到亚述—巴比伦时代。人们都说，历史上的暴政统治正是从那时开始的。水太缺啦，水太多啦。总之，水的益处，水的害处。

两大重大新闻，冷战的发动，铁托的背叛，都不是跟运河没关系的。而运河，也跟它们都有关系。另一些重大案件，例如纪念品案件，尽管表面看来很是遥远，却同样跟它们紧紧挂钩。别了，爱开玩笑的纪念品，那里面，在你们的脑海里，轻松敏捷地并肩走的，有古老的法令、女人的大腿、跟各色各样的淫荡货为邻的宏大作品。一天比一天变得更明显的是，有些事应该尽可能经常地留在脑子里，而其他很多事则不应该那么经常去想，当然还不能说根本就不去想。

而在后一类事情中，就有跟德国人一起吃的著名晚餐。几乎已经没人再谈论它了，仿佛它从未发生过。每当有什么人提起它时，哪怕是不经意中，任何人都会给他当头一棒：你还相信吗，这样的寓言，那个德国人跟大夫曾是大学同学，还有其他那些无聊话？尽管如此，有一种说法还是不胫而走：在这地球上鬼才知道的什么地方，关于晚宴的秘密调查正在继续。人们甚至还猜疑，文化馆新来的合唱团负责人不是别人，正是两个隐秘的法官之一。至于另一个，人们说，你就是绞尽脑汁猜上一千年，也永远别想猜出他是谁。不过人们声称，这第二位法官恰恰就是提出那种假设的人，说是那顿晚餐从来就不曾有过，有的只是那架唱机，它在什么地方自行转动，迷惑人们的视听，至于秘密会议，被人们说成了一次晚宴，则是在别的地方举行的。

季节的更替

到冬季了。尤其令人厌烦的，是那冷战。几星期前它就开始了。这可不是一个玩笑，就像人们一开始以为的那样（跟爱斯基摩人的一场争执，等等），也不是一件像人们随后想象的那样可怕的事（跟死神一样的聋哑和冰冷）。它介于两者之间，但同样也是铁幕的废铜烂铁，一个英国爵士的发明。

为了显出人们可以生活在节日中，甚至可以活得很好，人们成倍增加了节日数量。最常见的是那些跑步节，因为它们既不苛求什么花销，也不要什么特别准备。几个脚底板痒痒的人聚到一起，只需有一块硬纸板，写上"春季越野跑"，就能让他们猛地窜出来，朝随便什么方向奔去，跑得如兔子一样快。公路赛时，人数增加，然后，他们在某个广场上休息一下，喘口气。高喊几声口号。他们的叫声：万岁！或者，打倒！整齐划一，很有节奏，这表明了有很多东西应该活下去，同样多的东西应该死掉，而且，要尽快死掉。

同样频繁的有音乐会，有竞赛，有开幕仪式，尤其还有勋章的颁发。围绕着这些活动的节庆层出不穷，让人见怪不怪。比如说，四月的第一个星期里，人们就庆贺了大古拉梅托大夫的第一万两千个手术。

如同人们能想象的，人们没有忘记小古拉梅托大夫，尽管他更年轻，实施的手术只达到九千次。当然，那天整个下午，然后尤其是晚上，人们频频回忆起以往的那个时代，作为潜在竞争对手的他们俩，一直是人们普遍关注的中心。跟那个时期一样，人们比较他们的身份地位，而这可不是一件轻松事，因为所有人都知道，他们敌对关系的命运首先取决于国际环境。

鉴于德国投降后分为了两部分，一部分好，一部分坏，大古拉梅托大夫赢得了某种平衡，而意大利，则既不如西德那么卑鄙下流，也不如东德那么天堂般美满，这就给予了小古拉梅托大夫一种相对不偏不倚的中性。

换言之，跟以前一样，曾在两个医生之间维持了良好关系的同一只看不见的手，使他们在这一世界性的混乱中，打成了英国人所说的一个五五开①。

人们隐约捕捉到，如果说有一种模糊的激情一直渗

---

① 原文为英语。

透到了现在,倒不是因为出于大家对大古拉梅托大夫的感激,而是因为对两位医生之间敌对关系的回忆,毕竟,他们是一个时代的象征,所有人还是十分怀恋那个时代的,尽管并没怎么感觉到。

啊,那是多么美丽啊,在一次回顾中,玛丽·图尔图利情不自禁地脱口而出。这些回忆,那么动人,过了好一会儿她又重复道。人们还以为是在美丽时代……

田园诗的氛围环绕着两位医生,瞎子维希普的一段副歌中就是这样表达的:"两个医生都叫古拉梅托,同一把手术刀在手中握……"然而这一氛围还不至于让流言消失,它说,往日的那次晚宴始终是一种法律审判的对象。而那预审始终那么神秘,只不过,它后来由两个独立的小组来执行。另一个特点涉及它的日耳曼成分,它变得越来越朦胧,让位于它的另一个维度,魔幻。从此,晚宴主要跟死神有关,而为掩盖他的身份,或者出于别的什么理由,他似乎偶然地披上了一个德国军官的大氅。正是这样,他浑身沾满了烂泥浆,敲响了大古拉梅托家的门。

第五百日。亲德派的幽灵

第五百天,城市脚下,出现了本来永不该发生的事：队伍延伸得老长的一伙人，被希腊驱赶出来的第一批流亡者，德国人离开后，他们被希腊指控为亲纳粹分子。大屠杀后，他们伤痕累累，历历在目：刀刺的痕迹留在婴儿的摇篮上，老人们被烧得半焦，新娘子被炭火熏得黑糊糊的，所有人都顶着残酷无情的寒风。

在他们左侧，屹立着多次出现在他们梦中的第一个阿尔巴尼亚城市。但不知是谁下达了一道命令，任何情况下他们都不得进入，绝对不准。

城市像一个司芬克斯，隐约显出轮廓，却又无法触及，连它自己都不知道拒绝的原因。同样，人们也不知道，这一无法接触究竟对谁施加的压力最大，对它，对城市，还是对流亡者队伍。也许，对两者。即便飓风的翅膀掠过它，它也不会因之而更痛苦。从下午开始，房屋的横梁就喀喀作响。愧疚之情似乎令人无法忍受。这流亡队伍没有赢得丝毫怜悯，而它本身，则也没有产生任何怜悯。所有标识全都模糊了。互相敌对的阵营，没有一个能获胜，甚至都谈不上形成对峙。落败者，民族主义者和王权主义者，倒显得能自我安慰，在卡梅里和科索沃举行欢庆，但是，德国失败后引起报复的想法，很快就让他们低下了脑袋。胜利者，跟失败者截然相反，却也根本就开心不起来。

人们传说，此类场景几乎到处都在发生。大众，有时甚至是全体人民，从波罗的海海岸，一直到高加索边境，甚至在更远的大草原深处，受到命运的尽情捉弄，被当作亲德分子放逐。

另一些队列返回到人们记忆中，漫长而又可怖。犹太人队列，三年前。亚美尼亚人，三十年前。

这时，吉诺卡斯特，鼻子上架着望远镜，只等着流浪队伍的结束，但是，这队伍似乎故意作对似的，不断地自我繁殖。人们说，在希腊族人的小村，夜里，有人给他们递上面包，但他们却不拿。他们期待的，不是从这些人手中得到面包。

他们前往哪里？没人知道。他们朝阿尔巴尼亚中部逶迤而行，然后，从那里，再向同样充满了奇思幻想的北部而去。在白雪皑皑的群山中，如在噩梦中那样，一会儿出现说阿尔巴尼亚语的德国士兵，一会儿又是身穿褴褛军装，唱着古老日耳曼赞歌的阿尔巴尼亚人。

山里人恐惧地逃逸，后来他们才知道，这些人是斯坎德培日耳曼-阿尔巴尼亚师的残部，被命运和寒冬打垮。

只是到今天我们才知道，出于此类的种种原因，阿尔巴尼亚的命运差点儿就改变了。它以为自己属于胜利者阵营，而只差头发丝那么细的一丁点儿，它就被宣布纳入战败者阵营了。

第八章

新制度,依然。

有一天,当大路从一派荒凉中醒来,人们更感到一种沮丧。寒冷不断加剧,越来越袭人。煤炭无从寻找。缺乏牺牲者。

仿佛在对付一种自然灾害,首都紧急调来了一些卡车,满载生活品和药品,还有督察员,管弦乐队,以及兄弟国家各种各样的援助团。其中有一个援助团,来自曾发生过类似事件的波罗的海苏维埃共和国,通过它的督察员,开展了一种多少有些奇怪的研究。照他们的说法,种种事情值得更细致地分析。在城里,还有十一个前奥斯曼帝国大臣和帕夏,四个帝国后宫前监守,三个意阿银行前副行长,十五个退休的行政长官,全都在不同的制度底下混过,两个旧职业刽子手,曾绞死过该继位的王子，一条叫"疯子小街"的街，两个高级马路天使，更不用说还有三百名著名的帝国仲裁官，大约六百个头脑简单的傻瓜。所有这一切，对一个要努力转向共产主义的古老城市，是个很大的包袱。

从那些波罗的海人的研究中，可以毫不困难地得出结论，一种繁殖力旺盛的元气，被报刊称为"新鲜血液"的补充，是必不可少的。

没有让人怎么等，它就来了。每天都有一些热情洋溢的年轻志愿者从阿尔巴尼亚中部来到这里。照苏联的经验，都是本身就已超额完成计划的超额冠军。另一些人则哼唱着《一手拿镐，一手拿枪》，有时候，他们还当真一手拿着镐，一手拿着枪，为的是更好地配合歌词。侦察员调查谁在破坏错误上马的泄洪运河工程。追赶者撵赶那些为表示蔑视新政权而极少出门的矫情楼女。积极分子两眼只朝前面看；另一些人基本上朝前看，但还不够坚定，偶尔也朝后望一下。牺牲者半身像的雕塑者，牺牲的候补者，时刻准备着占据后者在墓地中的位子，只要时局的自然趋势允许他们这样做。"三不要"的人们：不要帝国主义，不要犹太复国主义，不要可口可乐。另一些，则是"七不要"。狂热者只以各民族之间友谊的名义起誓，而另一些人，则以敌意来起誓。总之，一股史无前例的烈焰，令人不禁热泪盈眶。

当一切看来最终复归于秩序时，一份来自首都某秘密机构的秘密报告白纸黑字地宣称，城市在继续不断地消沉下去。且不说有用还是无用，运河都很难再挖下去。往日的帝国大臣们死得太慢了。除了两个奢华荡妇"朝她们的资产阶级过去转过了背去"，不是由于人老珠黄，如那些毒舌嘀咕的那样，而是出自一种内心渴望，要真切地投入新生活，除此之外，其他扭曲的心灵固执地不愿听从理性的召唤。

一种街头巷尾的陈词滥调，也不知最初出自谁人之口，一下子就传开了，像是为了那个秘密报告。其歌词很是凄惨，而它的旋律则更凄惨，更无望：

> 勒娜病了，饿肚子睡觉，
> 送进了医院，病楼一号。

人们千方百计地想阻止这首歌的流传，但是白费劲。

谁都想象不到，一首关于医院的烂歌谣会成为城里人热烈谈论的一大事件的起因：跟它那些楼女的公开战争。一切均始于一次会议，会上，城市的主人们赞同文化系统负责人的意见，不少人坚决主张要炮制一些亲切感人的歌谣，不妨这么说吧，如下一类的：你忘了我，我没有忘记你，医院里你没有挺过去，咳嗽没有离开过你……除了别的一些蠢举，向城里的音乐家们订购两三首此类趣味的歌曲，可以在茅屋中唱得令人流泪。总之，关于病人的老调调，大领导打断他说，他还当场叫来了那两位医生，大古拉梅托和小古拉梅托。

乍一下，两位真不知道该回答什么才好，然后，大古拉梅托想起来反驳道，既然他们俩都是外科医生，那么，假如病人手术后没能得救，他们会直接去坟墓，而不会有时间唠唠叨叨地抱怨个没完，不过那些专门医治慢性病或长期病的专家，例如伤寒病，甚至包括肺结核，无疑会在其领域中提供一种更好的援助。

而就在这个时候，兴许是乘虚而入，兴风作浪，茨冈人丹·拉加尔，卫生学校的守夜人，编了一首歌，以纪念他那当年四月份被淘粪车撞死的心上人：

> 我这看校门的茨冈人，
> 把她从生打发到了死，
> 我曾爱过的唯一情人，
> 装臭屁屁的卡车把她杀死……

一开始，领导们哈哈大笑了一阵，然后，就皱起眉头沉下了脸。在接下来显得对所有人都很关键的会议中，他们达成一致意见，认定所谓的亲切情感并不局限于疾病或者屁眼的事，还包括许多别的更崇高的主题，这时，负责文化部门的那位工作人员，很不幸地回想起一首古老的女人歌谣：

> 唱吧，可爱的黄莺，
> 在我们镀金的后宫庭院。
> 假如我们睡了，你就来当我们的眼睛，
> 告诉我们是不是出于偶然，
> 某个人不会再来。
> 假如我们露着身子，就给我们盖上被子。

立即是一阵啧啧称赞，这多美，何等的灵感，何等的细腻，受这些话语的鼓舞，文化负责人仿佛被什么恶魔驱动，又想起了另一首歌。

震雷不久就炸响了。周末还不到，党委就开了紧急会议。颓废之风吹过城市。对旧制度的怀恋。对旧日楼女的崇敬。

嗓音越来越愤怒地狂奔。人们追寻负责人。那位文化干部连续两次昏迷。午夜时分，总领导在他的闭幕词中没有饶恕任何人，包括他自己在内。敌人在他们睡大觉时发起了偷袭。颓废主义返了潮。在跟尼采的思想，跟"持恒的运动"以及其他危害算清账之前,城市必须跟这样一种黑色瘟疫做斗争:它的楼女。如果说,这一切正好赶上跟邻国希腊关系的再度紧张,那可不是一种偶然巧合。罪人们将受到无情惩罚。你们就等着最糟糕的命运吧。

会议结束后不久,大约凌晨两点,文化干部就自杀了。

面对其楼女们的城市

夺走了文化干部性命的那颗子弹,从某种意思上说,代表了他们之间打响的第一枪,而就在一个星期前,他们还是铁板一块,但他们突然发现,他们分裂成了两个敌对的阵营:城市和它的楼女们。对那些紧紧跟随事件进程的人来说,很显然,文化负责人恰恰就是他对楼女们怀恋的牺牲品,但出于一些尚且隐秘的理由,这一细节被迅捷抹除,那男人最终被当成了那些楼女的敌人,当然,还不能说,他成了倒在这一新战场上的某种牺牲者。

回溯传统,反对那些楼女的大会不仅不跟喧闹和嘈杂同进并行,而且,它们还带有严肃的痕迹,一种几乎学院派的调性,从表面看,这跟话题本身就很合拍。这也正是委托老编年史作家西索·加沃所做的开幕词的特色，除了他那历史性的题目："千年的楼女现象"，他还不厌其烦，特地列数了城里的楼女数量，从一三六一年起，直到上星期为止。如果说，没有人真正把握这一名单的意义，那么，这也无法阻止整个会场，在他简化为朗读的整个报告结束时，为这位年老多病的编年史作家热烈鼓掌。

另一些发言填补了开幕词留下的空白。其中有一篇发言，叫《共产主义之下的楼女现象》，如标题要表明的那样，不仅描画了一幅大型图表，显示在整个共产主义阵营中楼女们的命运，从布达佩斯到前圣彼得堡，从布拉迪斯拉发到上海，而且还解释了，在这一巨大的空间中，吉诺卡斯特的楼女们为什么占据了一个完全独特的地位。

同样，也正是这一发言的最晦涩的段落，听众按各自的方式做了理解。照报告者的说法，楼女们的状况，换句话说，在这城市内部，楼女现象，比丈夫的名分和财产都更甚，来自于完全另外的东西，尤其是来自于高大宽敞的住宅。一个外国的城市设计家把她们形容为"建筑之女"，可不是仅仅凭口随便一说而已。

在由疯狂的建筑者建造的这些巨大房屋的内部，在它们不太可靠的天花板底下，在窗户那不可弯曲的玻璃后面，听到他的发言，某种变化产生了，那是一个神秘的过程，某种逐渐的月盈月亏，"楼女化"的最初症状，此外，人们也正是如此表现她们的，极其苍白，胸脯和肚腹显出一种刺眼的白色，还有，下面，在她们丝绸内衣底下，阴暗和令人眩晕的谜，足以让你晕菜。

一声放松的叹息伴随着演讲的结尾。下一个发言者刚说了最初几句，就毫不遮掩他对楼女的敌意。她们的歌，在大多数人心中实难唤醒怀恋之情，他毫不犹豫地把它们形容为颓废。而咖啡馆的典仪，则用这样的词来描写：

> 当咖啡馆处在那一时刻，
> 就像有一道国王的圣旨⋯⋯

这典仪，对有些人，可以像是高贵的标志，而对他，出身于人民的研究者，只是一种证明，证明这城市的楼女，矫揉造作或者雍容华贵还是其次，她们首先渴望的是统治。

演说人受到自己夸夸其谈的鼓动，高扬起脑袋，大声宣称，她们控制这个城市已经有很久岁月了。

大领导的发言，本意想打断他一下，实际却加强了这番发言的冒犯性。他不仅不闭嘴，反而继续高叫道，楼女们不但控制着城市，而且还成了城市隐蔽的那一面，它的灵魂和重影。这一点，在他看来，足以解释种种神经错乱，种种胡言乱语，甚至还包括跟在城市游荡的死鬼共进的晚餐。

楼女们的丧钟

楼女们成了攻击对象，这一点毫无疑问。但此事毫无意义，这也同样显而易见。

城市如同以往那样被激怒。

有关她们议题的会议一开再开。然而尽管人们把它看成自己的事，大多数人却认为，最好还是不要投入到这场斗争中去。对付那些先生，事情总是更简单。你传呼他们到法庭，或者当场抓他们个现行，然后你就给他们戴上手铐。对付楼女们，人们却实在没什么好招。她们很少离开自己的居所：每个季节最多离开那么一次两次。她们比幻影还更难捕捉。

夏末时节，当人们得知大领导被免职，而不是如人们期待的第二次自杀，它几乎就被解释为承认失败。

然而，泄劲还是来得过早了些。就在楼女们似乎赢得胜利的那一刻，恰如谚语所说，会等待的人终于等来了他们想要的。

那是十二月十七日，中午刚过，汉科尼馆的嘉尼梅特夫人，身穿一件毛皮大衣，脚蹬一双高跟鞋，正小心翼翼地要穿越瓦罗什街和中学街的十字路口，这时，有个人，更确实地说，有一个女人的嗓音，叫住了她：日安，嘉尼梅特同志！

女人被叫得愣住了，像是遭了雷击。她一时间里呆在了那里，在十字街头，然后，慢慢地，以一个想证实谁在冲他开枪的人的方式，想扭转脑袋，但她的脖子不听使唤。

是我呀，嘉尼梅特同志，街道居委会的特兰妲费丽娅。你明天来开会吗？

可怜的女人惊得目瞪口呆，伸出手来，像是要找什么支撑点，然后就捂住了自己的胸口，她膝盖一软，倒在马路当中。

两三个行人，正巧见证了这一场面，赶紧跑去求救，让医院派出了它唯一的那辆救护车。

这只不过是个开头。一旦发现了迄今为止还一直没想出的办法，捕猎运动就全面开始，那些楼女就该被清除了。

就像过了季节的知了那样，这些城邦楼女开始一个接一个地倒下，倒在命定倒下的地方，而致命的一声叫喊：同志！就是这命运的咒语。

这同一场面正在重复发生：当场惊呆，伸手摸索想找支撑物，找一条不太现实的胳膊，这样的话：先生，扶我一把，我求您了，然后渴望瞧一眼那打击来自何处，突然呼吸受阻，窒息，膝盖摇晃，最后倒下。

就这样，在短短的同一天里，连续倒下了费戈馆的内尔敏夫人和宰卡特馆的萨伯科夫人，前者出门去访客，后者则是在回家路上。同一个星期里，厄运又轮到了图尔图利夫人，她是在穿越马蹄铁广场时倒下的。克卡拉尔馆的一个楼女，两年来第一次出门，就听到有人叫她：同志！她真想溜之大吉，但腿脚不听使唤，就倒在了方砖地上。穆卡德·雅尼纳夫人——人们都说她有一段时间成了国王的暗中相好——被震垮在了老桥正中央，而她的女行刑人，也一下子吓坏了，撒开脚丫子就跑。乔乔利馆的一个楼女总算还能说出一句：我可不是你的什么同志！然后掉转眼睛，但是其他人却全都垮了，说不上一句话来。两位玛丽也是一样，玛丽·拉波维蒂和玛丽·科劳伊，仅仅发出了一声惊讶的叫喊：啊！赶紧用手捂住嘴，仿佛有小顽童在纠缠她们，但是没有发出丝毫笑声来。

就这样，连续不断地，在城堡街，在军火库，在克苏阿诺商店前，在国民银行，在采尔齐兹广场（就在这个广场上，采尔齐兹杀死了土耳其上校，杀他之前这样叫一声：嗨，土耳其笨蛋，这一次，死神是借采尔齐兹的手要了你的命！），这些楼女一个接一个地被掀翻在地。

人们感觉到了她们的消失。

奇怪的是，如今人们再也见不到她们了，反倒越加思念她们。人们回想起事件发生的确切地点，当然还有别的细节，例如，那位叫梅里班·哈朔瓦的楼女，是人用一副军用担架抬回来的，还有施蒂诺夫人，一个茨冈女人猛地叫了她一声：同志！她便在去医院的路上说出了她的最后意愿。但是，人们记得最清楚的，还是那些地方，他们甚至肯定地说，有一个不想透露名字的雕刻匠，正在刻石碑，上面刻有楼女们的姓名，当然还忘不了刻上事故的日子，甚至还精确到事故发生的钟点。

然而，所有人都明白，发生了那些事之后，楼女们都被关在楼院里，再也不让出门。莎麦馆的两个楼女，佩克梅兹夫人和卡拉施夫人就这样被关了起来，为了跟人交流，她们还在使用旧的熟悉的字母，被关的还有察贝日馆的一个楼女，费戈馆的另一个楼女，卡达莱馆的老鸨，还有她的妹妹纳西波·卡拉乔兹，她们都在当年死去。

不难明白：楼女们输了。

第二千日

　　她们的衰微并没带来丝毫的欢腾。后悔和被打破的平衡看来都不甚明晰。

　　人们预感，她们的缺席将是长久的。要制造出另外的楼女，那些大楼馆，唯一手中拥有魔法的，兴许需要几十年，甚至上百年时间。

　　她们缺席时，人们期待着城市会强硬起来。谁都说不上来往后会如何。她们的代码从此成为秘密。既然她们现在熄灭了，人们便不知道，在她们身后留下的灰烬中，还会长出什么东西来。

　　乍一看，城市并没什么变化。对周围的乡村，它曾侮辱过的那些村子和镇子来说，算总账的时刻似乎终于来到。但是，它们却不敢。城市总在欺骗它们。有楼女时，它兴许表现得过于高傲自大，但是，没有了楼女后，它将显得更危险。

　　从此，有一点变得很显然，即它什么都不再适应，不仅不适应新时代，而且也不适应任何别的时代。

　　有消息传来，说人们很可能宣告它为博物馆之城，这在一些人看来是个荣耀，但是在多数人看来，是个耻辱。第三种观点则努力重新点燃一种复活的希望之火。

以"re"开头的词重又冒头,就像在总动员运动中最狂热的时刻那样。疯子小街位于改名地点的名单之首。在一些人眼中,此事断然不能做,除非街道被拆。但是,拆除街道又谈何容易,它牵连到附近的导师故居,或者更确切地说,故居废墟。而另一些房子,斯肯杜拉日家的,或者莎麦家的,都不同程度地加快或减慢了计划的进程。而卡达莱家的房子,同样也很近,不过是在另一侧,只是激起了一些阴郁的想法。尽管他们还有别的房子,即哈兹穆拉街区的那栋房子,它曾作为家族的羞耻,在赌博中输掉,跟它的糟糕名声始终唇齿相依,很多人却认为,应该是该家族的另一栋房子,即帕罗托的那栋,最终将玷污城市的名誉,直到永远。这一预言的等待对象都是陌生的,而恰恰因为人们不了解它们,它才具有更大的爆炸性。人们会说,只有一场火灾,或者一架英军的重型轰炸机,才有机会把它显示的这一焦虑一捅到底。

再后来。第三千日

关于疯子小街的一个个故事四下流传,尽管显得那么不真实,有的说这条街可能更名,有的预言它要被拆除,甚至还有拆毁整个城市的说法,但所有这些故事只是那年冬季最高当局酝酿之事的一种苍白反映：阴谋，派系斗争，恐怖。尽管因害怕被推翻，面容始终疲惫，导师最终还是更胜一筹，脱颖而出。

重建其故居并把建筑面积增至原先三倍的决定，仅仅只是重建计划的一次最初显露。整个城市重获了生机。报复或屈服的传言突然显得荒诞不经，它远没有屈服，正相反，它得以高傲地重新挺起身子，这已经提上了议事日程。

另一个好消息的来到只是进一步激起人们的热情。传言往往驱走不幸，然而这一次，情况却相反。一个史无前例的事件将在城里发生。到底怎么回事，所有人全不知道，甚至连领导都不知道。但是，它跟上述消息的传播并没有任何关联。兴许要举行一次庆典。一个很有来头的来宾，最副盛名的人，将来到。

城市本不是一个偏僻之地，不会为一次简单的来访而欢欣鼓舞。除了它孕育的那一位导师，它还接待过国王索古，各位公主，即他的姐妹，贝尼托·墨索里尼，来自意大利的还有维克托·伊曼纽尔本人，关于他，还流传过一个笑话，说的是，他除了拥有阿尔巴尼亚和意大利的国王称号之外，还是埃塞俄比亚的皇帝，因此，他的一侧脸庞一定被涂成了黑色。诸如此类，不一而足。

当然，同样也有一些来访计划流了产，例如世纪初奥斯曼苏丹的那一次，或者王太后的那一次，她的早餐御膳总管就来自吉诺卡斯特。最后一次未实现的访问，当数阿道夫·希特勒了，他本已准备来访，因为城市宣称发明了永动式飞机，但是，由于战争爆发，那次访问最终还是被取消了。

无论如何，什么都无法跟宣布的那件事相比：斯大林要来了。

一九五三年就在这一惊人消息的传播中来临了。冷风刺骨，天寒地冻，屋檐下都挂了冰柱子，闪闪发亮，像是为了复活节大弥撒而挂出的灯彩。

第三千零三十三日

这一消息将让所有人陶醉。对斯大林何以选中吉诺卡斯特这个城市的疑问，一下子就在所有咖啡馆中传开了，从早到晚，始终不歇。大多数人认为，个中原因不言自明：该城是导师的故乡，无人不知，俄罗斯境外共产主义世界的所有领导人中，比阿尔巴尼亚领袖还更忠诚的门徒，斯大林还不曾有过，而且恐怕也永远不会再有了。另一些人更倾向于别的理由，但人们只用更隐秘的口气来表达，而且不太坚决。

总之，无论出于这一理由，还是他们不知道的别的什么理由，吉诺卡斯特都将在燃放的焰火下度过几天。一些决不会错的信号突然挑逗起一种野心，那是该城明智地隐蔽了多年的抱负：恰恰是那样一种梦想，要成为这颗行星的首府，哪怕仅只一次。

恰如人们过多使用甚至滥用的任何东西那样，就在人们沉湎于这一至福中时，发生了可称为毒眼的事。一月份刚过，残缺的月份刚刚来临，坏消息就像一道黑色闪电炸响了：斯大林不来了！

最初的迟钝时刻过后，城市从黄粱美梦中醒来，复又掉入世界的阴沟，问题如雨后春笋般提出：这是为什么？

他生气了，毫无疑问。绝大多数灾难往往可以归咎于愤怒，这就是第一种猜想。毋庸置疑，他对吉诺卡斯特生气了。或者，他在生阿尔巴尼亚的气。还不好说是否在生整个欧洲的气。

一九〇八年，当土耳其苏丹取消访问时，人们得花好几年时间才能猜透其原因。那一次，恰恰是谁都想不到的原因：文字的拼写。照苏丹的朝廷的说法，在好几世纪跟奥斯曼帝国政府你来我往的交流之后，阿尔巴尼亚竟然抛弃了阿拉伯字母，背信弃义地选择了拉丁字母，作为书写文字！

很显然，斯大林远比苏丹要更强大，更有力，看看他的重要性，你就能想到，他的怒火该会像铅那样沉重，无法估量。

第三千零四十二日

人们想不起来还有哪个月份比这个二月更荒凉凄惨的了。它的第一个星期并没有带来什么告慰人的消息，甚至可说是没有任何消息，突然，就以一个意外事件让每个人惊诧不已：大古拉梅托大夫和小古拉梅托大夫都被捕了。

这还是第一次，两人的命运没有在人们中激起什么比较。两人都是午夜被带走的。两人都戴上了手铐。要被带到同一个监狱去。

第九章

　　谁都没有光临过夏妮莎洞穴,但这丝毫不影响所有人都谈论它。

　　夏妮莎洞穴将打开……你该到夏妮莎洞穴走一趟了。但这个政府显然太仁慈了……这也是夏妮莎洞穴,那也是夏妮莎洞穴……我们就在夏妮莎洞穴再见……假如我撒谎,你就会在夏妮莎洞穴找到我……假如你对我撒谎,你将烂在夏妮莎洞穴……亲爱的游客先生们,这就是大名鼎鼎的夏妮莎洞穴……人们都在说,要把它变成一个博物馆,它将关闭,它将重开,人们要把它变成总检察院的一个分部,甚至会是一个精神病院。

　　每个人都把它看成最深的牢房,兴许还是市监狱中最可怕的牢房。它从特佩莱纳的阿里帕夏时代起就一直关闭,他妹妹,夏妮莎,把自己的名字送给了它。在这个牢房中,那些曾抢劫和强暴年轻女子的人连日连夜受着折磨。通过一个秘密开口,阿里帕夏本人监视着那些酷刑。

尽管，每当政府想控制人们的思想时，都会用它来作为威胁，这牢房却从未重新使用过。

它将永远不会再开，这一概念，已牢牢扎根在人们脑子里，以至于，当有消息传来，说是要重新启用它时，人们一下子反倒会猜到别的事，而不是它的重开：比如说，那位荷兰收藏家，装扮成圣像购买者，而实际上只不过对收集酷刑刑具感兴趣。

在那著名的一九五三年二月，当有消息传来，说是夏妮莎洞穴又关了人时，所发生的事同属这种情况。人们期待着两位医生的释放：大古拉梅托大夫和小古拉梅托大夫，人们坚信，就跟上一次一样，他们的被捕完全是一个差错。然而，晚上很晚时，有消息说，这一逮捕不仅不是出于某种误会，而且，夏妮莎洞穴在关闭了一个半世纪之后，将重新用来关押两位医生，这一消息立即让城市炸开了锅。

把这消息形容为闻所未闻，还是说得轻了些。要说这个洞穴在关押了杀害土耳其省长的凶犯，或者毒害王太后的嫌疑犯之后，甚至包括反国王的政变者或者反共产主义的议员之后就一直没有重开过，两位医生是此后的第一拨囚徒，似乎也不太真实。

然而，它还真的重新打开了，只为了关押他们俩。

而大小古拉梅托大夫，早就关押在了这里。两个人都是。

他们的情况如何？他们的脑袋枕在哪一块石头上？有谁扔给他们被子盖？就像老歌谣中唱的那样。给这两位永远迷惘的古拉梅托……

他们是不是被拴在墙上，就像当年的强奸犯那样？他们被刑具磨破的伤口上是不是还撒了盐？人们是不是还试图诱骗他们……用香槟酒……用音乐……

直到有人终于想到了最关键的一点时，最惊人的问题才算爆发：他们到底犯了什么错？

一开始越是难找出他们的差错，随后就越是没什么更容易的事了。

虽不满足于又是风又是雨地浸染，世界照样被压在错误底下。对那两位医生，人们当然挑得出毛病。比需要的还多得多，对其他人也是如此。

然而，两位负责调查此事的法官走上舞台后，一下子就切断了估量之波。他们分别叫沙乔·梅兹尼和阿里安·齐乌，都是本城人，刚从莫斯科回来，在莫斯科获得了捷尔任斯基内务学校的毕业文凭。他们的面色苍白，他们的领结系得紧紧的，他们的大衣似乎非同寻常地长（人们传说，以其名字命名了莫斯科专门学校的秘密警察头子，就穿一件这种样式的大衣，他们还照搬了他那已成为格言的话：你大衣的长度跟你的怜悯心恰成反比……)。

两个法官赋予了古拉梅托案件一个更可触知的维度。如果说，医生们当真被羁押在一条壕沟的深处，那么至少，他们的法官还在上面忙活，在地面上，像是一些风筝，或者像是从他们身上发出的信号。

二月十三日星期二那天，离开了夏妮莎洞穴后，他们迈着沉重的步子，胳膊下夹着卷宗，走下了哈兹穆拉街，不是前往法院分部，而是去医院。

医院门口，莱姆齐·卡达莱怒气冲冲，仿佛心中有一股莫名的火，向他们做了一个否定的手势。无论这里发生了什么，我反正都无能为力了。假如你们要找碴子，就去问卡达莱家的其他人好了，帕罗托的那些人。

他开始凑到他们耳朵前，轻轻地说：哎哟，哎哟，你还不知道吧，人们正在那里策划什么阴谋呢。人们正在酝酿一个肮脏的举动！

法官们听着他说，一脸茫然，然后，在那些正巧待在大厅中的医生和护士的注视下，走进了医院的院子。

检查了两位医生的手术记录，或者更确切地说，检查了手术病人的全部清单后，没发现任何让人担心的地方，正相反，它让一股轻松之风在整个宽敞的医院中刮起来。实在还是第一次，一道光线从陌生者身上透出。

而且，同时，还有某种希望。人们调查了手术进程中死亡的病例，然而，这样的事，世界各地都会发生。病人家庭向医生抱怨，而医生则为自己辩护，最后只好闹上法庭。

法官们在档案室待了四个多小时。等他们从里面出来，还没有走到大门口时，调查结果早已四下传开了，在大门口，莱姆齐·卡达莱正准备告诉他们一件事，在他看来，此事具有头等重要性，大古拉梅托大夫实施的一万两千多次手术中，人们只发现有一千八百个手术中或手术后不久死亡的例子。而对小古拉梅托大夫，这一记录还不到一千这个数。（对他们做重新比较的尝试很快就成了现实，但是，这一回，比任何时候都更淡薄。）

*

如常见的那样，对医生的预审在两种形式下继续。秘密形式，在夏妮莎洞穴中，谁都不清楚。另一种则在不同的地点进行，在医院，在停尸所，在病人家中，有时候还在墓地。医疗报告之外，还要补充尸检报告，以及口头证词的笔录。

熬夜多日后，法官们脸色苍白，越来越少在城里彼此碰面。由于身体日渐消瘦，他们的大衣似乎也越发长了。人们一致认为，即便是预审中被称为显而易见的点，也有其被掩盖的部分。奇怪的是，这些被遮盖的部分并不跟死人，而是跟活人有关。人们将一个一个地调查那些治愈者，或者更确切地说，去揭那些人的伤疤。人们在那里寻找一些谁都想不到的信号，一些六角形的星星状缝合，一些文身图案，或者一些古老的象征符号，例如，传递着什么神秘信息的希伯来风格符号。

那些听说了这些事的人说：你们昏了头啦！但是，人们反驳他们道：等着瞧即将发生的事吧。案件将走得很远很远，很深很深。由于两位医生同时也是妇科医生，人们甚至要去检查女性解剖学的最隐秘部位，人们可以想象是哪里。

最轻信的人两手捧住了脑袋，女人们哭泣着，她们中很少有人想到，与其发生这种情况，还不如就让那两个医生永远也别离开夏妮莎洞穴呢。

在这期间，那些听外国电台，尤其是听 BBC 的人，充当了一条闻所未闻的消息的应声虫：一队恐怖分子医生在共产主义中心即克里姆林宫里露出了真面目。事件是苏联人自己传出来的，他们形容它为：白大褂们的阴谋。尽管没有大张旗鼓地宣扬，兴许他们根本没必要如此，这消息还是震撼了整个大地。这帮医生，在约哈纳希伯来中心的领导下，准备犯下整个人类历史上最大的罪行：通过全世界范围的暗杀活动，清除各国所有的共产党领袖。先从约瑟夫·斯大林身上开刀。

罪行将是史无前例的。世界的历史，整个地球，将脱离它的轴心。平衡将被破坏，兴许长达一千年。谁都不能保证以后还会恢复。

斯大林的愤怒，人们曾以为是针对吉诺卡斯特的，确确实实有过。那实在是一次大光其火，但针对的却是世界整体。

至于阴谋与吉诺卡斯特之间有一条纽带的想法，从此似乎还算说得通，甚至很自然，当然，说它最初时就显得那么不合情理，也同样很说得通。

尽管只是在克里姆林宫被发现，阴谋却是全球性的，世界各地拥有不少分支，人们正在一一铲除：在匈牙利，在东德，在波兰，在阿尔巴尼亚（呜呼!），甚至还在蒙古。

人们头脑狂热地工作着。各族人民的亲爱父亲的来访，可不是凭空吹牛的大话。

人们可以用两种方式来分析这一点。第一种假设：当时，斯大林已经准备好要来了。约哈纳中心早就预谋，一旦他动身就迅速下手，便命令它在吉诺卡斯特的支部严阵以待，做好一切准备。那些阴谋者，像鼹鼠那样探出了脑袋。于是，一下子，手到擒来。

第二种假设：故意发布来访的假消息。约哈纳以及吉诺卡斯特支部信以为真。鼹鼠们的脑袋露了出来。消灭他们。

两种情况下，吉诺卡斯特都得付出它渴望荣誉的代价。它的名字，一方面不再出现在时事新闻中，另一方面却肯定会到处被人低声念叨。共产主义阵营惶惶不安。种种命令，种种防备措施，种种秘密信息，在其最深的底部划出条纹。

二月十六日，下午三点，瓦罗什街和中学街的交叉口，众目睽睽之下，瞎子维希普被戴上手铐强行带走。

马路上看热闹的人简直不敢相信自己的眼睛。

*

她走近了村子，身穿长裙子，脸色刷白如石膏，没有丝毫暴力的痕迹。很奇怪，她步履缓慢地前进，不像人们期待的那样低着脑袋，而是目光投向远方，跟她本人一样迷惘。

就这样，人们看到她走出了卡帝奇村，在那里，她被人凌辱了整整三天三夜，就这样，人们现在注视着她走近了特佩莱纳。这样，比那些人想象的还更苍白，那些人听别人讲过她的故事。而别人又是听别人讲的。人

们为她写的那首歌,是这样开始的:

　　夏妮莎的黑色洞穴,
　　看到你我的理智就被剥夺。

　　这歌曲不知产生于哪个年代,它的作者也无从考据。

　　她的兄长,特佩莱纳的阿里,在高塔上,举着军用望远镜,目随她向前走去。女人的脸色白得耀眼,恰如她的愤怒黑得醒目。她的举止清楚地让人明白,她在自寻死亡。通过他的手,当然。

　　他满足了她的意愿,他稳稳当当地杀死了她,一颗子弹打中她的额头,然后是另外两颗,一颗也打在额头,另一颗打中心脏,然后是四颗,十四颗,上帝才知道一共有多少颗。他杀死了她,用各种各样的武器再度杀死她,而这丝毫没有减轻他的心情,正相反,心中充满如此的忧伤,瞧着她死去时,他不禁在她的额头上亲吻了一下。

　　后来,当他听到那首歌谣时,他还自言道:啊,要是我当初没把她杀死就好了!

　　不光没有人知道是谁谱写的这首歌,而且它还包孕了双重意义。可以把它解释为出自强暴者的口,关在夏妮莎洞穴中的那些家伙，牢房是当兄弟的特地让人挖掘的，为的是狠狠惩罚他们；但人们同样也可以想象，它是在影射女人身体中那个决定性部位，在她的下腹，是它让他们丧失了理智。不过，无论哪一种情况，都是强暴者在歌唱和呻吟。

特佩莱纳的阿里，奥斯曼帝国最强有力的帕夏，甚至胆敢向苏丹叫板挑战，在整整四十多年时间里，居然无法把歌词内容跟它隐晦的暗喻截然分开。

一九五三年二月十七日，午夜前不久，沙乔·梅兹尼和阿里安·齐乌，阿尔巴尼亚的——兴许还是整个共产主义集团中的——最著名的两位法官，走下了著名洞穴的台阶，头脑中依然赶不走那歌谣的歌词，他们心中的恐惧夹杂了一种令人虚弱的肉欲，而这一切又跟那些歌词混淆在一起，将他们彻底淹没，切断了他们的腿脚。

他们从孩提时代起就在一起回忆这两位医生，而现在，医生戴着手铐被他们带走。从一个赤裸裸的灯泡中，射出一道令人难以忍受的光线。他们俩，谁都回想不起在这岩石洞顶下他们发出的嗓音。

张开嘴巴时，他们比想象中的还要更狼狈窘迫。

那确实是他们的话，但不是他们的嗓音。它们仿佛由早年间的演员朗诵出来。它们被一种冰凉的回音紧紧裹住，慢慢飘悠，然后消散。你你你你……你们……为为为为了……杀杀杀杀杀害害……谋谋谋谋……

得要有一定的时间，这一语言才可能变得清晰。医生们被指控犯了谋杀罪，施行外科手术期间杀死了病人。根本用不着大呼小叫地问是谁，为什么，如何。既没有谁，也没有为什么。他们只需竖起一只耳朵，认真听预审结果就行了。这个无产阶级民主国家是世界上最公正平等的国家，永远不会惩罚一个无辜者。根据调查，对他们谋杀罪的指控坐实了。人们查阅了手术病人的详尽清单，罪行的……或者不如说是垂危的确切时刻，尤其是牺牲者……或者还不如说死者的履历。其结果，死者的百分比，无论他们是亲共产主义者、王权主义者、民族主义者，或是无政治倾向的，都证明不了两位外科医生任何的政治偏爱。于是，落在他们身上的怀疑被彻底推翻。

医生放松的叹息并没有在另两位的目光中赢来任何的开放符号。我们没有别的，只有一个问题要问。它很简单，不过却是根本性的。

一阵很长时间的沉默后，问题终于提了出来。人们从此知道，他们并没有犯谋杀罪。但问题是：他们难道没有想过……

几乎异口同声地，两位问道：什么？情急之下，大古拉梅托大夫竟然脱口蹦出了一个德语词：Was？

法官们试图解释。没有任何理由丝毫不差地从字面理解他们的话，那只是一个再普通不过的暗喻。总之，那是一个想入非非的主意，利用这两位医生来犯谋杀罪的可能性。政治谋杀，很显然。例如，针对共产党的领袖。

同样惊怒的叫喊声重又发出。包括德语词，跟第一次一样。

当然，决不。坚决不行。他们是医生，他们都念过希波克拉底誓言。谁都不敢想一想一种如此的厌恶，哪怕只以开玩笑的形式。

讯问结束了，一个法官宣布道。你们可以证实了，我们是公正不偏不倚的。我们只想知道事情的真相。看守，把嫌疑人带回去。

*

大约两个小时后，凌晨三点钟敲响时，医生们又被带了出来。法官们的嗓音并不是唯一改变了的东西。他们从此成了洞穴的居民，而他们的第一句话竟然是：你们也许不知道吧，我们会在这里，在夏妮莎洞穴见面。

医生点头表示同意。

双方对视了很长时间。别以为我们会回到两小时前我们已经宣布过的问题上来。例如，对你们说：哈——哈——哈，你们以为已经搞定我们了吗？你们当真认为，我们会相信你们的清白吗？不，再一次说不：你们当然已经洗清了谋杀的指控。但是，现在，我们要问你们别的事。

然而，法官们感到，洞穴渐渐地缠住了他们。一股滚烫的波浪，迄今为止还未被感知，混杂了性欲和痛苦，几乎要把他们耗尽。他们不再仅仅是法官，同时，他们还是特佩莱纳的阿里的妹妹的强暴者，而正因如此，他们既是受刑者，又是他们自己的刽子手。

大古拉梅托大夫，我们要问你几个问题，关于一九四三年九月十六日的晚宴……

他们以前的话语中，没有任何一句像这一句让医生动容。

啊！那次晚宴……尽管他没让这些词语吐出来，它们还是从他全身各处渗透出来：眼睛，气息，甚至是头发中。

法官们交换了一下眼色。

你们想知道什么？大古拉梅托说，但他的嗓音像是在说：难道可能知道那时发生的事吗？

我们要的是真相，法官几乎异口同声地回答。每一小时中,每一分钟里。

大夫的眼神落在了空无中。

他知道的。那是说得清楚的。直到这一天为止,人们寻找的只是其相反。很快就十年了,一个心照不宣的默契,以其遗忘的冰冷灰烬遮盖了一切。阿尔巴尼亚的遗忘和德国的遗忘。王权主义者,民族主义者,共产主义者。

现在,有人要求他朝灰烬底下吹气。整个的,未被动过的,就像一个木乃伊……

一切,法官们重复道。所发生的事。所说的话。没有说的话。

大古拉梅托大夫眼皮阖上了一半。瞬间里,想象中,他重又看到了瞎子维希普眼中的白膜。他的叙述缓慢,单调。市政厅广场,它那湿漉漉的沥青路面,还有广场中心耸立的采尔齐兹雕像,全都异常清晰地出现在他眼前。跳下车来活动僵硬腿脚的坦克手,十分在意靴子上泥点子的军官,最后,还有指挥官本人,趴在装甲车的车门上,肩上披着军大衣的这位弗里茨·冯·施瓦伯上校,他的大学同学,一边靠近过来,一边露出一道笑意灿烂的目光。

重逢的激动,几句开场白,你认出我来了吗?我变了吗?之后,面对阿尔巴尼亚人的狡诈,还有针对城市与人质的报复威胁，有的只是失望。跟那些词语具有同样威胁性的，则是闪耀着阴险光芒的铁十字勋章。

　　回想晚宴的邀请和晚宴本身之前，大古拉梅托大夫问，他是不是应该停留于细节。得到的回答是，他应该按他认为有用的方式来做，于是，他详尽叙述了他的邀请，德国军官对邀请的接受，然后，才是晚宴本身。他描述了参加者，音乐和香槟酒，气氛，当然，并没有停留在释放人质的问题上。他最后描述到，黎明即将来临，所有人熬了整整一夜都很疲乏，之后，是好长一段时间的沉默。它最后被沙乔·梅兹尼打断。只有短短三个字，但决非吉兆：

　　就这些？

　　大古拉梅托大夫闭口无语了。另一位法官，俯在他肩膀上，用一种几乎甜丝丝的嗓音，对他耳语道：你给我们讲的那些事全是事实，但我们多少早已知道了。我们想要其他的。人们不知道的，谜。

　　大古拉梅托似乎有些发懵。法官们彼此对视了两三次。但是，结论显得令人失望。大古拉梅托点了点头，像是要赶走心中的某种怀疑，说道：没有谜。

　　沙乔·梅兹尼身子一后仰，靠在了金属椅背上说，我很抱歉地告诉你，大夫，你很不诚实。

　　大古拉梅托的眼睛凝定了。

我本不相信你这个样子,法官补充道。

他晃着脑袋,仿佛想让对方明白,他刚说的话给他带来了超出预审范围的一种满足。

在他的眼皮底下,大古拉梅托终于垮了。一种令人陶醉的兴奋攫住了沙乔·梅兹尼。直到那时为止,他还不知道自己是如何渴望地等待这一时刻。当他泄气时,怀疑预审能否成功时,他曾担心医生会死扛,这可比上司们的不满意还更要命。从他接受调查任务的那天起,隐晦地,无法解释地,他的全部思想就凝聚到了这囚徒身上。有几十次,他曾在瓦罗什街上看到他步行去医院上班,迈着只属于他一人的既无所谓又沉重的步履。他曾经梦到自己跟他非常像,成了每个人关注的对象,同时却对所有人都不感兴趣。他清楚地意识到,自己不是唯一一个如此欣赏他的人,同时,他也不是不知道,那一位的辉煌完全靠他外科医学上的成就,靠他留学德国的经历,靠人们所讲述的关于他的种种事情。

后来,从莫斯科学习回来,在外省显要人物一个接一个倒台的时代,见大古拉梅托大夫咄咄逼人的光环始终未遭损害,且比小古拉梅托要灿烂两倍,他又怎么会不惊诧万分呢?他深深刺激了他,但这一诱惑中从此有了某种狂热的因素。他于他不仅无法企及,还有更糟的呢:充满敌意。他很难从心底里认可,那些像大古拉梅托大夫一样的人构成了一种障碍。不是说，一种对新思想，对社会主义建设等等类似东西的障碍，而是生命物固有的一种障碍。不可缓和，巨大无比，恰如任何雄性动物之间的敌对。

大古拉梅托大夫成了他的障碍。他手握解剖刀，面戴白口罩，独揽权威，任何人都无法剥夺他。而这似乎还不够，另外他还是妇科专家。在沙乔·梅兹尼看来，身为妇科医生就意味着凌驾于女人之上。尤其是漂亮女人。她们没有任何反抗，没有任性的表现，也没有挑逗的目光，就屈服于他。凌驾于所有女人之上！这恰恰是沙乔·梅兹尼缺少的，多么残忍。他长得虽然不丑，却也漂亮不到哪里，得以引起最漂亮女人的兴趣。他当然经历过一些平庸的奇遇，但从未有过一个称得上漂亮的女人，一个真正漂亮的女人。至于凌驾于女人之上，那就更无此非分之想了……而大古拉梅托，他，统治她们，却并不拥有她们。沙乔从心底里相信，她们会心甘情愿去找他，根本不需做什么妇科检查。兴许，命中注定，他甚至还摸了他母亲的肚子呢？

所有这些，就像懒散的云彩，在他脑子里飘荡，但是，那一天，当有人召他去，让他专门调查大古拉梅托大夫的案件时，一股突如其来的乱风撕裂了那团云彩。他从未见识过一种如此慌乱的准备。幸福感掺杂到一种醉人的灼伤感中，而这种灼伤感，很奇怪，又跟恼怒混杂在一起。从此，那个想法就赤裸裸地出现了：大古拉梅托成为一个普遍意义上的阻碍后，还变成了沙乔·梅兹尼本人的一个特殊障碍。他一直就是障碍。总而言之……在捷尔任斯基学校，缺了这方面的一门课，所有课程中最难的一门。

复仇的渴望跟某种畏惧感难以截然分开。他当然铐住了他双手，但并不因此安心。也不知是为什么，他觉得手铐反而使他变得更危险。沙乔·梅兹尼无论如何都无法让自己相信大古拉梅托大夫会害怕。他偷偷睨视了一眼从夏妮莎时代起就一直摆在洞穴中的刑具，但这还是无法让他放下心来。手捏锋利的手术刀，让成百上千人提心吊胆，这样一个人怎么可能体验到害怕呢？

法官相信，除了不害怕，大古拉梅托大夫还不知道什么叫撒谎。害怕和撒谎本身就连在一起，因此，当他面对外科大夫时，一种突然的焦虑感抓住了他。对他死敌的狂怒突然就让位于另一种情感。这一位身陷囹圄，面色苍白，神情茫然，但根本就不惧怕。

当沙乔·梅兹尼想到，面对这囚徒，他试图在心中激起的情感，竟然不是一种敌意，而是一种怜悯，他不禁为自己感到羞愧。他以一种几乎隐蔽的方式，向他传达了这一信息：我为那些落到你头上的事而抱歉，不过我无能为力。说吧，从这糟糕的关口中摆脱出来吧。把我们全都从中拉出来吧！

而，仿佛是对他无言激励的回答，大古拉梅托大夫，闻名遐迩的外科大夫，城市的传说，动摇了。命中注定的那一刻，他完成了他的自杀：他撒谎了。

对这一点，他毫无疑问。在长得无穷无尽的这一天里，两位法官，还有他们的上司，反复多次跟地拉那联系；而地拉那那边，则跟伟大的社会主义阵营的其他领导人联系，兴许甚至还跟斯大林本人联系了，谈论的就是这次预审。一架飞机在地拉那降落，人们期待着它随时在吉诺卡斯特机场着陆，恰恰就在那一刻，大夫的叙述中终于出现了第一道裂缝。

法官难以掩饰心中的喜悦。

沙乔·梅兹尼真想站起来，深吸一口气，以更好地确认他的胜利。一切终于纳入了正轨：大古拉梅托大夫倒台了，而沙乔·梅兹尼，初出茅庐的毕业生，稚气未消的小年轻，已经青云直上，压过他一头了。

对这一奇迹的作者共产党的感激之情的波浪，差一点把他淹没在激动的抽泣声中。

他的目光重又抚摸了一遍那些古老的刑罚器具，然后穿透了被告。

古拉梅托大夫，他说，加强了他的头腔音。大古拉梅托大夫，如人们称呼你的那样，在你刚刚给我们讲述的一切中，是不是有那么一点点不真实的东西？那些令人心动的久别重逢，跟一个分别了那么多年的大学同学！这位知心朋友，真奇怪，恰好是入侵阿尔巴尼亚的德军首领……这难道不就像以前在学校里老师给我们讲的寓言那样吗？且不说那次有音乐有香槟酒的晚宴，还有人质的释放，以及城市的保护。这难道不就是一场表演吗？我们难道不应该不再继续这出喜剧，难道不应该讲一讲被它掩盖的真相吗？

没有过什么表演不表演，大古拉梅托说，目光并没有从对方身上移开。从来就没有过什么喜剧。我从来就不会演什么戏。

法官们的目光中，从此很显然地闪耀着一丝讽刺挖苦的冷光。沙乔·梅兹尼的唯一担心就是，大古拉梅托垮台之后还会不会东山再起。但幸运的是，他越来越深地陷入泥潭中。

假如被证实，这是一场表演呢？假如我们能证明这就是一场表演呢？

大古拉梅托摇了摇头，一脸高傲的神态。

法官们毫不掩饰他们另外还在等待着什么，不约而同地瞧起了手表，然后又彼此耳语了几句。但是，大古拉梅托似乎根本就没在意。

相当长一段时间里,人们枯燥无味地反复唠叨着同样的话,喋喋不休地谈到,九月十六日白天和夜里曾发生的那些事,有没有可能是一场表演,法官们不仅不再掩饰他们正在等待什么,他们甚至还说出了飞机这个词。

人们正等着一架从地拉那飞来的飞机。它已经晚点了,但肯定会来的,哪怕等到后半夜,它也会来的。

随着一问一答的深入,法官们想起了小古拉梅托大夫的在场,他的左手正跟他同事的右手铐在一起,而他,好几个小时以来,一句话都还没说过,仿佛他根本就不存在似的。

有那么两三次,法官都准备要问他了,但是,他们或许又想起来,他根本就没有参与那一天的事,或者,仅仅由于厌倦,他们很快就又把他给忘了。

确实,疲倦正在逐渐战胜这双方。洞穴口隐约传来一些声音,传到他们耳边。然后,是一阵脚步声,几下碰撞,很像是一个盲人的拐杖在探路。法官们筋疲力尽,有时候,他们不仅忘记了小古拉梅托大夫,而且他们似乎觉得,这一位就像一个幽灵那样蒸发了,眼前明明有两个人,他们却觉得只有一个,即大古拉梅托大夫。同样的一种感觉侵入到大古拉梅托的心中,只不过,与他面对面的两个对手,他不觉得只剩下了一个,而是觉得从此变成了三个。

于是，他面对三个法官，心里说：就算你们不止三个人，而是十三个人，你们也奈何不了我。

那三个人全都在他眼前飘浮，如在一片浓雾中，其中一人甚至还用德语喃喃说了一些什么。过了一会儿，一记声响让他睁大了眼睛，他发现自己原来并没有做梦。他的对面，确实待着三个法官，三人中有一位当真在用德语说话。他已是第二次对他说话了：先生①。

大古拉梅托浑身一激灵。通过洞穴的一条缝隙，一道灰蓬蓬的光线透了进来。兴许那就是黎明的光芒。所有人都显得彻底清醒了。

大古拉梅托先生，新来的法官说。我是斯塔西即东德秘密警察机构的军官。

他的德语生出一种比阿尔巴尼亚语更低沉的混响效果。他说他是从柏林飞过来，专门讯问他的。这次预审是整个社会主义阵营最关键的事。因此，他希望他表现得严肃一些。

我不知道该如何表现得不一样，大古拉梅托回答道。

德国法官明确说到，他已经知道了这次调查的过

---

① 原文为德语。

程，因此，他要求他用几句话，简明扼要地给他讲一讲一九四三年九月十六日那个白天，还有接下来的那个夜里发生的事。

大古拉梅托点头表示同意。他用刚才对方提问的那种语言，即德语来回答。

囚徒的第二次讲述，跟第一次用的时间几乎同样长。

在接下来的那一阵寂静中，第三位法官用一种不慌不忙的嗓音问：都是事实吗？

是的，囚徒回答。

寂静得令人难以忍受。只是在这时，人们才注意到，翻译凑在两位阿尔巴尼亚法官耳边，嘀咕了一阵。

你刚刚讲的不是事实，那德国人说。

大古拉梅托并没有发作。

你宣称，你于一九四三年九月十六日那天，在阿尔巴尼亚土地上见过那德国军官，弗里茨·冯·施瓦伯上校，可他实际上并没有出现在那里。

德国人的嗓音变得越来越低沉了。他的眼睛没有离开被告，他宣布说，弗里茨·冯·施瓦伯当时既没有在阿尔巴尼亚土地上，也没有在别的土地上，因为，那一天，他早已经，四个月前就已经，葬在地下了。

大古拉梅托脸色大变。另一位继续明确指出，弗里茨·冯·施瓦伯上校,在数次身负重伤后,已于一九四三年五月十一日,也就是德军占领阿尔巴尼亚之前四个月,在乌克兰的一家战地医院去世。法官随身带来了死亡证书,上校在医院的照片,还有葬礼的照片。

这就没有必要了,大古拉梅托打断他说,嗓音十分微弱。

他的脑袋突然耷拉在了胸脯上,仿佛脖子一下子折断了。

我需要睡觉,过了一会儿他说。我求求你们了……

法官们会心地交换了一下眼色。

第十章

那桩被人习惯称为本世纪最重大阴谋的事件,消息在全世界各地传播,预审却只在星球三分之一的土地上继续进行。它发生在十一个社会主义国家,用二十七种语言,三十九种方言,至于次方言就不计其数了。差不多四百个医生被关进了同样数量的牢房,受到持久的审讯。

任何外部消息都进不到那些牢房中,同样,在外面,人们也不知道里头发生的一切。夏妮莎洞穴只不过是其中的一个牢房。

第二天下午,所有人又重新聚集到一起:两个囚徒,三个法官,而在他们身后,则是翻译,陷入阴影中。

真相,是……真相是,从最开始的一刻起,我就在想,那兴许不是他本人。

大古拉梅托的话语离开了嘴唇,仿佛拖曳在空中,然后才被洞顶吞噬。

　　他眯缝起眼皮，像在竭力回想什么精确的细节。他回忆起了市政厅广场，它那湿漉漉的柏油路面，还有坦克手们，站在关了门的咖啡馆前，一手放在帽檐上，搭作凉棚，试图透过玻璃窗，看清楚里面有什么。

　　护送他的士兵们脑袋一歪，指了指一辆装甲车，那辆车上，他正等着他。在路上，他们明确无误地告诉他：部队的统帅，您的大学同学，正在市政厅广场等着您。

　　他微微欠着身子，俯在装甲车上，一个膝盖弯曲，眼睛藏在烟色的眼镜后。靠近过来之前，大古拉梅托感觉到，他的胸脯在抽紧。说了声：你都认不出我来了？之后，那个结头又揪得更紧了。嗓音在他听来有些变。

　　另一位微微一笑，用食指指了指脸上的伤疤，即便对一个并非外科医生的人，它也显得很醒目。

　　四处伤疤，上校说，说着，两人都张开了胳膊，彼此紧紧拥抱。

　　伤疤，那是当然，但是，还有其他，大古拉梅托心里说。军装，它们彼此没有见面的这整整十五年，战争本身。

　　他讲述了他们的谈话，几乎一字不差。上校对阿尔巴尼亚人的狡诈行动，对他们不遵守好客规则以及雷克-杜卡金法典的失望，压在人质头上的威胁。最后，邀请赴晚宴。

对晚宴的描述同样也是几乎一字不差。只不过，重点落在了某些细节上，例如，他有没有戴口罩。以往，在大学生的庆典中，那可是很时髦的，尽管他已经记不得，弗里茨·冯·施瓦伯当年赶不赶这一时髦。此外，他实在不明白，另一位出于什么理由，一会儿戴上口罩，一会儿又把它摘下。当然，怀疑感时不时掠过他的心头，尤其是从他那方面表现出一些细微的不确切之后。但是，他出于同一种推理，把疑心排除了：岁月，军人生涯，战争……同样，他也更多地停留在后半夜发生的事情上。当他女儿发现他们命中注定地待在那里时，她曾怀疑自己的父亲给他们下了毒，还给他自己的亲人。而他，则怀疑自己的女儿。

他叙述中新奇的地方，是他后来的怀疑。

就在晚宴后，那些怀疑不仅没有消散，反而多了起来，成倍增长。令人简直难以置信的是，那次晚宴后，他就没有再见过他的面。有一次，他要求见他一面，他们回答说，他很忙，没空。另外有一次，他又要求见他，他们回答说，他可并不姓他所宣称的那个姓，弗里茨·冯·施瓦伯。直到有一天，他偶然得知，他早就派往外地了。从此，他就再也没有听谁说起过他。

囚徒的脑袋耷拉下来，标志他已经讲完了故事。但是，过了不一会儿，他又补充说，兴许，晚宴同样会遭到另一个阵营的惩罚。

什么？法官们几乎异口同声地说。

我说，这次晚餐同样会遭到他们的惩罚……德国人。

啊。

沉默持续了很长时间，这足以证明，囚徒已经没什么可补充的了。

法官们互相咬了一阵子耳朵。

第一个接着说话的，是沙乔·梅兹尼。

我问题的实质就是一个词：为什么？换句话来表达，那一位从世界的另一端而来，当了一支第一次进入这个国家的部队的统帅，而他突然又想起来要更名换姓，变成了他根本就不是的一个人……我们不得不这样问：这一游戏有什么意义？为什么？

囚徒耸了耸肩膀，表示不知道。

法官的嗓音越来越频繁地响起。他的脑子里到底在想什么？为什么他有时间，在如此条件下……在危险的中心……发明了这个同班同学的寓言……前来赴晚宴……这是他演的一场戏吗？他和他两方面都在演戏吗？说！这到底是怎么回事？

我不知道，囚徒回答道。兴许，是他在那里演戏；反正不是我。

大古拉梅托，别拐弯抹角了！确实，它不是一场表演，它是某种很严重的事。极端严重。说！

我不知道。

你知道你们会见面的。你们早已经说定了。还有暗码，口罩，假名。说！

不。

你还认得这个笔迹吗？这个名字？

这一次，是德国法官在发问，他把一封短信递了过来，信的最后写道：耶路撒冷，一九四九年二月，雅科艾尔大夫。

我知道他是谁，囚徒回答说。他是我的同事，城里的药剂师，一个犹太人，一九四六年去了以色列。

还有呢？

他就是那天夜里被释放的人质之一。

哈，哈……一个获得过铁十字勋章的纳粹上校，释放了他在阿尔巴尼亚抓到的第一个犹太人。为什么？说①！

囚徒耸了耸肩膀。

---

① 原文为德语。

大古拉梅托先生，我坐了两千公里的飞机来这里，可不是为了听人在一个中世纪洞穴中骂天骂地。我再重复一遍我的问题：为什么？

因为我向他提出了要求。

啊。你为什么向他提出要求？他为什么听了你的话？说！

因为我们曾经是……照他来说……大学同学。

大学同学，还是别的关系？说！

我不知道回答什么才好。

大古拉梅托先生，你知道约哈纳是什么吗？

不。我这还是第一次听说。

我来给你解释吧……这一次，是沙乔·梅兹尼插话进来。那是一个古老的希伯来中心。一个谋杀者帮会，其目的是要让希伯来人来操纵整个地球。

我可是第一次听说这事。

他们犯下的罪吗？那是所有罪行中最可恶的，谋杀全世界各国共产党的所有领导者，首先从斯大林开刀。

我可是第一次听……

够了！别打断我。继续讲！说！……

这是……

够了！

但你这是不让我说话。

说！

法官的问题互相缠绕在一起。

我承认,这里头有一个奥秘。但是,你们可以把它弄清楚。你们有的是办法。你们掌握了他的真实姓名……那个被认为已经死了的人的姓名。兴许你们已经有了它,它,掌握在了手中……

够了!你在这里是回答问题的。不是来提问题的。说!说!

我不知道该说什么好。

我们会迫使你说的!我们有的是办法。

他们的目光,在囚徒目光的跟随下,转向了错落有致地摆放着古老刑具的那个角落:钩子,刀子,专门用来挖眼睛的钳子,用来夹碎睾丸的夹子。据证人的说法,特佩莱纳的阿里帕夏躲在墙缝后最喜欢偷看的刑法,用的就是最后这种刑具。

法官们又交换了几句耳语。

大古拉梅托大夫,沙乔·梅兹尼说,他现在不再掩饰自己的领导地位了。你想让我们忍无可忍,但这办不到,我们希望彼此间能达成一致。如你能看到的那样,我们现在正在追踪一件再可怕不过的案件。这是国家派给我们的任务,追踪。为的是确保国家的安全,当然。我们不希望你跟这个国家作对。多年来,你一直在为它服务。像我们一样，你不会盼着它倒台吧。这一点，我们都同意吧？说！

另一位依然重复同样的动作。

问题很简单。我们调查的这件事中，有某个谜一直无法破解。一个始终存在的谜。我们想知道：它掩盖了什么？命令是从哪里来的？你们是如何彼此通气的？暗号是什么，密码是什么？我是不是该再提醒一下，这是一个世界范围的大阴谋。你陷入到了里面，兴许你还没有完全意识到？说！

被铐住的人又抬起了头。他动了好几次嘴唇，像是要试验一下，然后发出了嗓音。

你们怀疑德国上校参与了你们所说的阴谋？当然我也参与啦？

为什么不呢？说！

我的回答是：我没有参与。与此有关的一切，我都不知道。

你有没有想过，哪怕只是一瞬间，你那次晚宴的来宾是……一个死人？

问题来自另一位法官，今晚上他还是第一次插话。

囚徒眨巴了一阵眼睛。

说那不是他，我也怀疑过，这个，我已经说过了。说他已经死了，这个想法在我脑子里也曾经转过。那是个城里家喻户晓的传说，所有的老奶奶都讲过。无论愿不愿意，人们都被迫去想它。

啊。说！

我可以证明这一怀疑曾在我脑子里闪过。我有一个活的证人。

我们知道的，法官打断他。瞎子维希普。我们全知道。

我一听说你们把他给抓了，我就对自己这样说。

继续！说！

大古拉梅托开始讲起他跟那老瞎子在惨淡路灯下的谈话，就在瓦罗什街和中学街的十字路口。

他一边说，一边思索着他们会盘问瞎子什么。他们会提的问题，瞎子会做的回答。你可不怎么肯干啊，老兄。你知道一些事，但你不愿跟我们说。我不知道，兴许我记不起来了。那次谈话已经那么遥远，为什么现在又要刨根问底挖它出来？这，这是我们的事。你就讲你的吧。说大古拉梅托邀请了一个死人来吃晚餐，这想法你是从哪里来的？说！我不知道该回答什么。我就脑子里那么闪了一下，就那样。可是你没有眼睛。你从来就没见过活人，也没见过死人。你是怎么认出他的呢？说！我不知道。你知道我们所不知道的，我们，我们白长了两只眼睛。而你，你连一只眼睛都没有。你是怎知道的？说！我不知道。你什么都看不见，到底是怎么知道的？为什么？我不知道，兴许，恰恰是因为如此。什么？说！恰恰因为我看不见。

大古拉梅托战栗了好一阵。他坚信，自己是在重复他们的诉讼笔录片断，就如那些诉讼笔录本身是在重复他跟那瞎子的谈话片断。

实际上，最初的审问，从此反戈一击将目标针对他的那一次，正是他本人跟瞎子之间进行的，九年前，在十字路口，一盏惨淡的路灯下。

那完全是同一回事，伟大的神明！几乎一字不差。

囚徒伸手摸了摸额头。他以一种微弱的嗓音，说他需要镇定一下。

显然，他曾有过怀疑。尤其是在晚宴过程中。某些时刻，他都忍不住要告知另一位了。我亲爱的，我不可替代的朋友，你难道不是死了吗？而另一位会回答：你都相信了一些什么呀？当然是那样的。

囚徒还声称，他丝毫不想掩盖什么。但是，是故事本身包含了一种奥秘，并且在回避他。

很奇怪，他们并没有打断他。

自从他发现了他，在市政厅广场，趴在装甲车上，种种矛盾的想法——那真是他吗，或者不是他？——就在他脑子里彼此冲撞。是他但同时又不是他；很像他的大学同学但又有别于他。他情不自禁地想起了那样一个时刻，证人们见耶稣从坟墓中出来：他的身体很像是耶稣，但同时又有别于他。在《圣经》中，是这样描写的：*灵气构成的肉体，精神的肌肤*①。

从法官的神情来判断，大古拉梅托明白到，对耶稣的回顾在他们心中引起了些许不快，但还不至于构成恐惧。这一点足以解释他们为何没有打断他。

一切就是这样，仿佛以双重的方式发生，囚徒继续道。一会儿，他把上校看成一个死人，过一会儿，则是上校安排得显出死人模样。其间，很有可能，上校不时地摘下然后又戴上口罩这一事实，是向他传递一个信号，而他，大古拉梅托，却不知道如何解释它。

一个暗号，沙乔·梅兹尼喃喃道，仿佛中了邪。

法官们交换了一个眼色。这还是第一次，囚徒承认了，阴谋者向他传递了一个暗号。

已经是凌晨三点多了。从嗓音中，他们感到大古拉梅托已然疲惫不堪。他还在强迫自己对他们说，死者很可能带来了他那个世界的法则和信号。正是这些，引起了众多的混乱和误会。

囚徒最后喃喃地说，他的状态已经不能说话了。第

---

① 原文为希腊语。

二天,他准备告诉他们更多。

一阵悄悄的耳语后,他们同意了他的休息要求。

*

这已经是同一星期中要在该城机场降落的第二架小飞机了。改作他用后的十年期间,一种如此程度的使用频率并不让人感到什么惊讶。第一次,人们勉强铲净了跑道上的杂草;至于恢复照明,那可没门儿。一些人高举火炬,在二月刺骨的寒风中等了好几个小时,才等来飞机降临。

这一次,很幸运,飞机在下午降落。从特佩莱纳峡谷窜出的贼风,跟往常那样带了满头的癣痂,试图在最后一刻将它击碎。

很显然,发生了什么前所未有的事。相反,很少有什么跟在夏妮莎洞穴中进行的预审有关系。

这一次,从飞机上下来的,是一个俄罗斯法官。跟那位德国法官的刻板和满脸皱纹截然相反,他的外表颇为令人沮丧。他很丰满,几乎秃顶,举止尤其像一个文静的父亲。

沙乔·梅兹尼和阿里安·齐乌在机场跑道上迎接他,实在掩饰不住失望。但是,从跑道走向简陋的机场楼那不多的几步路，还有坐汽车前往市区期间简单的几句交流，就足以让他们一改最初的看法。

跟他的外表引起的联想不同，他显然是一个重要人物。他们自由地用俄语交谈，还没到宾馆时，两人就已确信，他是直接来自克里姆林宫。

交谈继续在宾馆孤立的一翼中进行。俄罗斯人三下五除二就弄清楚了一切，令人相信他多年来就在关注这一卷宗。他是来施以援手的，而且并不掩饰，他本人已有过处理莫斯科若干重大诉讼案件的经验，而人们对那些案件至今知之甚少。

两个阿尔巴尼亚人介绍了他们预审的进度，德国法官所提供的帮助，他们希望能在哪些方面击垮医生，而在哪些方面他们还有怀疑。

俄罗斯人的指令体现出一种惊人的精确性。在第一次谈话中，他就要考验囚徒们的真诚，尤其是大古拉梅托的真诚。一切都取决于此。他要求对某些问题的回答必须非常细节化。他跟那位外国宾客私下里都谈了些什么？他出于什么理由对他那么放心，对那位德国上校，几乎就是平等相待？他哪来的勇气，提出了那些反驳，尤其是关于犹太人雅科艾尔的那些话？

两个法官腼腆地打断了他，以表达他们的惊奇。直到那时，他们还相信自己作的是一次针对希伯来重大阴谋的预审，而现在，人家要求他们的，却完全是别的。

还不等他们把话说完，俄罗斯法官的眼睛就变得炭火一样炽热。他知道他们要走向哪里，但是为这一目的，一切都已做了。那只是对最后阶段的一个准备罢了。为了考验囚徒的真心，如同他一开始就指明的那样，同时也为了让他们明白，他们已经知道了一切。

如他们能想象的，在所有的盘问中，关于私下谈话的那一次最为关键。囚犯可以假设一切，但他恐怕万万都想不到，还有别的人知道其中的内容，所以，一旦人们向他挑明，他会恐惧的。

阿尔巴尼亚法官张口结舌地呆在了那里。

一点儿都不要奇怪，俄罗斯人说。那可不是一些空话，不是一种虚张声势。兴许，我们知道得甚至比在他自己的回忆中还更精确。

法官们呆呆地盯着他看，不再掩饰他们的赞赏之心。

比如，对他说上这样一句："我不是阿尔巴尼亚，弗里茨，完全如同你不是德国。我们是别的……"

请原谅，沙乔·梅兹尼说。但是，如若果真如此，那岂不意味着弗里茨·冯·施瓦伯还活着，而且他……

不，俄罗斯人打断了他。他死了，我们德国同事的报告中是这样说的。

俄罗斯人的浅色眼睛，几乎跟玩具娃娃的眼睛一样乳白，始终保持了一种玩笑色彩。神秘的上校确确实实被杀死了，但是，眼下，没必要让那两个法官了解得更多。经验证明，有时那样做并无好处。如此说来，目前，他们应该把重点放在私下的谈话上。那才是一切问题的症结所在……假如医生说真话，那再好不过了。否则，就活该他倒霉。当他明白人们已经知道其中的内容时，他就该垮了。

讯问的这个阶段将是决定性的。囚徒曾答应他会说的。他本人也将追随它，通过墙上的那道裂缝，就是特佩莱纳的阿里帕夏当年整夜整夜观看对强暴他妹妹的人用刑的那道裂缝。

不可能吧，甚至连这个，他都知道？阿里安·齐乌喃喃道。

什么？俄罗斯人问道。但是，他们目光中的赞赏是那么的可触觉，他那玩具娃娃般的浅色眼睛中，一丝笑意开始重新闪耀。

第十一章

　　当天晚上，午夜时分，大古拉梅托钻进了夏妮莎洞穴，这一次，是独自一人。这还是第一次，人们讯问他时没一起带上小古拉梅托。然而，由于人们忘了给他摘除平时里把他的右手跟另一位铐在一起的手铐，他的行动显得有些笨拙。他那位同事的缺席给了他一种身边无人的空荡荡感觉。

　　你答应过了要说的，沙乔·梅兹尼声调平静地说。

　　囚徒点头表示没错。

　　那一夜的讯问又漫长又累人。跟其他各次都不同，法官们没有打断过他。他曾认为，连珠炮式的打断对他们是一种最好的办法，能打乱他们牺牲品的阵脚。而他现在意识到，插话的缺乏同样也很扰人。他甚至还认为，他们是故意沉湎于此，为的是更好地击垮他。

　　有那么一阵子，他长篇大论地谈到他所知道的跟德国人的那些秘密谈判。这要追溯到德国入侵之前的时代。亲德集团的势力比其他势力要远远强大得多。民族主义精英中的精英，如人们所称呼的那样，都受到德国文化的培养。他们中有梅赫迪和米查特·弗拉舍里，都出自著名的弗拉舍里家族；有建筑师卡尔·盖加，塞姆林山间铁路的建造者；有爱克伦·察贝热，阿尔巴尼亚最伟大的语言学家；拉斯古施·波拉德齐，最受追捧的诗人；安东·哈拉皮神甫，无可挑剔的道德楷模；莱夫·诺西，当时红得发紫的学者；雷克海普·米特罗维查，科索沃的著名政治家；还有其他数十人。

  大古拉梅托等待他们提出这样的问题：那么你呢，著名的外科医生，你在这个精英集团中处于什么地位呢？但他白等了，他们没问，于是他自顾自做了回答。他认为，尽管他跟它的一些成员过从甚密，却并不属于其中一员。他更不能被形容为合作者，就跟那两位察贝热和波拉德齐那样。如同很大一部分曾在德国留过学的人，他并不掩饰自己对它的某种好感，某种怀恋……但是，把这跟纳粹主义混为一谈，那是不公正的。那是某种形式的日耳曼文化爱好者……是自然而然的……当时，很多事都还没像现在这样明朗……他是外科医生……有时，他一天里要做十个手术……他根本就没时间做任何别的……深更半夜才回家……甚至根本就来不及脱下白大褂……

他们终于打断了他，提醒他说，问题涉及的是德国入侵之前的秘密谈判。

他当然听人说起过。他甚至还知道这方面的不少事呢。德国人早就准备在阿尔巴尼亚安扎了。由此，靠着他们的阿尔巴尼亚精英集团，他们早已预先探索了某些问题。这些问题都有一个共同基础：德国人来这里不是作为占领者，而是作为解放者。正是这一基础，决定了某些行为态度：避免屠杀，尊重当地风俗习惯，尤其是事关名誉、贝萨和女人的习俗。这些事，当然还有同类的另一些事，他是早就了解的。

一个法官打断了他：他是不是想让人以为，正是靠了这些信息，他才斗胆要求释放人质？

确实，囚徒回答道。他几乎就相信，德国人会寻求让人忘却他们犯下的第一次屠杀，波罗维的那次，而第二次屠杀则根本就没有过。

但是，犹太人雅科艾尔的释放呢？要求释放此人的勇气从何而来？

法官们的目光和囚徒的目光一时间里碰到了一起。犹太人雅科艾尔的情况是出于对风俗习惯的尊重。据他所知，这曾是谈判中最微妙的一点：未来的阿尔巴尼亚领导人非常强调犹太人问题。

你这又是在为合作者们编织桂冠吗？法官们一致打

断了他。

我不为任何人编织桂冠。反正我知道,共产党人也不是不同意这一原则的。

我们后来枪毙了跟德国人合作的人。这你很清楚:安东·哈拉皮神甫,莱夫·诺西……

我知道,但是,不是由于犹太人。

继续说吧,法官说。

因此,雅科艾尔的问题出于我们的习惯。再者说,弗里茨·冯·施瓦伯很熟悉雷克-杜卡金法典。我们曾那么多次地一谈再谈。阿尔巴尼亚的犹太人,同样,还有当年逃亡来此避难的犹太人,都处在当地人的贝萨的保护底下,换句话说,他们是不能碰的。

沙乔·梅兹尼查阅了一下摆在他面前的记录。

晚宴时,餐桌前,说了很多事。他们知道所有的事。然而,他还是更愿意听一听医生对其中一件事的意见。大约午夜时分,死人,或所谓的弗里茨·冯·施瓦伯,曾对他说过:你将与以往不同地听这一音乐。这话到底有什么意思?

囚徒的眉头皱了起来。他回忆起了这句话。甚至还有那一位说这话时的微笑。但是,他从来就没有把握住其中的意思。

那私下谈话呢?沙乔·梅兹尼说。尽管这事情显得有些不可能，我们依然还是知道了其中的内容……他凑到他的右耳前，轻语道：我不是阿尔巴尼亚，弗里茨，完全如同你不是德国。我们是别的……你还记得这些话吗？

也许。

我们是别的……好奇怪的一种承认，你不觉得吗？

唔，大古拉梅托说。有一些事情回到了我的记忆中，而其余的，没有。那是一些无关紧要的回顾，常常还微不足道，我们常去找的那些姑娘的故事，此外，还不总是很准确……其中有一个梦，我想起来，它，确实异常清晰。此外，每当我心中生出怀疑时，它总让我确信，另一位就是弗里茨·冯·施瓦伯。

啊，真的吗？

这是一个我只向他一个人讲过的梦。实际上，是一个并没什么意义的梦。一种噩梦，梦中，我躺在台球桌上，正接受一个医生的手术，那医生不是别人，就是我自己。

啊。

沙乔·梅兹尼又一次凑到他耳边：……我们在小酒店里讲到过它了……除非你已不是以前的那个你了……你还记得这些话吗，大夫？

囚徒摇了摇头表示"不"。

他在小酒店说什么了？法官穷追不舍。你们中的一人指责另一个什么了？

大古拉梅托做出了同样的否定动作。

当某个人对另一个人说……除非你已经不是以前的那个你了，我把这解释成针对他的一种指责，因为他可能没有遵守一种义务，一种约定……

囚徒说他回想不起来了。兴许事情涉及往昔的习惯？

法官又问了一些其他问题，既不着急，也不发怒。提到上校时，一会儿用他的名字，一会儿则称之为死者。在这一点或那一点上，死者是怎么说的？为什么你感到跟死者有一种如此的平等？

在这一问题上，法官们拖延的时间更长。你只是一个外省医生，而他却统率着一支装甲部队，而且还是战胜者。是什么启迪了你这种平等的情感？

囚徒耸了耸肩膀。

我不知道。兴许是对大学时代的回忆。

远远不够，沙乔·梅兹尼宣布道。你的解释卡了壳。到底是谁在接受谁的命令？

我不明白。

我在说勇气：它从何而来？

在他们的不经意中，讯问悄悄地转起了圆圈。

强烈要求释放人质的这股勇气，你是从哪里汲取来的？

我真的不知道……兴许是晚宴本身。

囚徒慢了下来。是的，来自他们之前回想起的一切，但是，尤其是来自晚宴本身。邀请来晚餐，最初在他看来既很自然，又很不恰当，总之。

我做什么了？他一回到家里后就这样说。他妻子和女儿也情不自禁地表达了同样的看法。这次晚宴应该证明自身的必要，不然，他将被人看作卖国贼，而那样的话，他将被自己的同胞枪毙。而对晚宴的唯一有力证明，就是释放人质。

他觉得有些不同寻常，他们居然不再用那个所谓的……约哈纳的……大阴谋来折磨他了。然后，从他的疲惫中，比以往任何时候都更明显，喷发出了怀疑：他们怎么会那么详尽地知道底细？

怎么会呢？他反复道。从哪里知道的？

如一下闪电，一些形象掠过他的脑海，先是他妻子，再是他女儿，两个人全都蓬头散发，忍受着酷刑、强暴和号叫，说！说！

不，他想道，这是曾引起如此畏惧的洞穴。那是她们俩谁都不知道的事。那么，是谁？

弗里茨……他心里说。还活着，跟他一样被戴上了镣铐。受审。

法官们不断地审视他,而他则摇着头做更正。

那么,是别的什么人……

很可能。一进入游戏起,从头到尾,这晚宴始终就受到严密监视。

这一个和另一个同时被两个阵营所怀疑。

他茫然的眼神盯住了法官们的眼睛,想从中读到些什么。但他们的眼神也是同样的茫然。

*

好!精彩!

妙极了,法官们倾听着这位俄罗斯同行。

他们聚集在隔壁一个牢房里,审问刚结束后,它临时改成了办公室。

我们全知道……哈,哈,哈!俄罗斯人大笑起来,试图用阿尔巴尼亚语来说这几个词,干得漂亮,小伙子们,他反复道。告诉我真相:你们也相信,弗里茨·冯·施瓦伯还活在我们手中,而且把全部细节都告诉了我们?

大笑之余,他们承认说,尽管得知了真相,他们还是留有疑问。

那好,我就来告诉你们吧:不!我们的德国同行说得没错,他们发来报告说,他已在某个五月十一日死亡,死在乌克兰一家战地医院中。但是,问题是,死者到底是谁?

他又要了一份牛奶咖啡,然后,用他那胖嘟嘟的手打开了摆在面前的一份卷宗。

他一边大口喝着咖啡,一边从卷宗中拿出一沓照片。

这就是死者,他说,从中抽出一张照片。克劳斯·汉普夫上校,铁十字勋章获得者。这一张,还是他,或者说,是两个上校,真正的死者和他的影子,一九四三年五月,包着脑袋,在乌克兰西部的战地医院。最后,这里是克劳斯·汉普夫上校在一个你们能认出来的地方,我想。

他们发出了一记惊讶的叫声。克劳斯·汉普夫上校俯身趴在装甲车上,就在吉诺卡斯特的市政厅广场,戴着太阳镜,正冲镜头微笑。

他们辨认出采尔齐兹的雕像,而在远景中,则是莱姆齐·卡达莱家的房子。

难以想象!他们几乎同时叫了起来。

现在,请仔细听好了,俄罗斯人说。

他用简洁的词语,开始描述起那些事件来。一九四三年五月，在德国战地医院里：两位上校不期而遇，两人都负了伤。一位，弗里茨·冯·施瓦伯，伤得很重，没什么希望了。另一位，克劳斯·汉普夫，伤得比较轻。后者等待着出院后不久，晋升将军的同时，被派往一个新战场，而另一位，只能等待死亡到来。

生命终期在战地医院中结下的典型友谊。由尽情的倾诉，日益的衰弱，渐渐演变为深深的怀恋，最终意愿的传达。两位上校偶然发现了他们的一个共同点：巴尔干半岛。克劳斯·汉普夫出院后就会去那里，而弗里茨·冯·施瓦伯则对它可谓朝思暮想，因为他大学期间最好的同学就生活在那里。两个人都读过时髦作家卡尔·梅耶的小说，它们尽情赞颂了该地区的风土人情，尤其是阿尔巴尼亚的风情：殷勤好客，贝萨，雷克－杜卡金法典。大古拉梅托也曾常常提到这一切。

显然，弗里茨是不会去任何地方了，既不会去阿尔巴尼亚，也不会去别处，他无法完成他曾向吉诺卡斯特的那位同学保证的拜访了。他请求另一位来完成他的意愿：假如正好顺路，就去见一见他的老朋友，替他带去祝愿。他还把地址给了他：吉诺卡斯特市，瓦罗什街二十二号，大古拉梅托大夫。

克劳斯答应了。那是一九四三年五月十一日，弗里茨几乎就是在他的怀抱中咽的气。

四个月后，若不是命运弄人，把他打发到阿尔巴尼亚，去当一支入侵那里的装甲部队统帅，克劳斯兴许已忘了自己当初的承诺。城市的名字让他想起了他的诺言。他在笔记本里找到了那个地址。于是，就发生了人们已经知道的那一切：与大古拉梅托的相遇，突发的奇想，把自己装扮成他的朋友，应邀出席晚宴，晚宴本身。

这一切，你们是不是觉得多少有些像一部连载小说？俄罗斯法官问道。确实，我简直就想说，这是一出闹剧。我敢肯定，这就是你们在讯问中所喊的：这闹剧是怎么回事，它到底隐藏了什么？说！

他们连连点头，以示赞同。

然而，它一点儿都不是什么闹剧。大古拉梅托大夫没有撒谎。事情的发生就是这样的，既不是什么大约估计，也不是什么道听途说；我们的卷宗可以证明这一点。

那些照片之后，俄罗斯法官又从卷宗中拿出一些复印材料。克劳斯·汉普夫的笔记。还有他日记的片断。

俄罗斯法官对这些材料做了简短说明。你们是不是觉得晚宴的故事有些晦涩难解？根本不是。这里就有晚宴上说的那些话，第二天一早起，它们就被记录下来了，记得清清楚楚，明明白白。

他递给他们四张打了字的纸页。

你们是不是惊得目瞪口呆,就像见到了一个鬼?请好好检查一下每张纸的抬头。

他们抖得比见到了一个幽灵还厉害。纸的抬头上,有"盖世太保"的字样。

你们根本就想不到,陪同上校来赴晚宴的人里头,有一个盖世太保的人?告诉你们,这里就是他的笔记。是我们在盖世太保档案室搜寻到的。

我们全知道,哈,哈,哈!

你们会说:是不是有人在监视英勇的上校?回答是:显然如此。在那些如此关键的阶段,每个人的一切都遭到怀疑。人们不是变成了怀疑对象,人们本来就是。

我们全知道。就这样:服了吧?

然而,我这个曾让你们喜悦的人,现在就要让你们痛苦了。对有些事,我们还不能做到全知道。眼下的情况就是其中之一。

他喝完了他的咖啡。

我们还不知道某个关键情节。我们还不知道,在市政厅广场上,克劳斯·汉普夫上校为什么不说他带来了大古拉梅托的大学同学的一个口信,却要对大古拉梅托说,他自己就是那位弗里茨·冯·施瓦伯。

一时间里，他直瞪瞪地盯着他们俩看。

一种突发的奇想？当然啦。在他的个人档案材料中，人们会发现这样的评语，说他的性格有时很古怪，有时直率得疯狂。

他们的脑子里经常有某种狂热的东西，那些英雄。不过，对这一奇想的来源，我们并不全知道。谜始终存在，晚宴掩盖了一个奥秘。

如何把它撵出来？通过什么手段？

他又要了第三杯咖啡，并趁着静默的空当，吐出这样一句：

从此，所有人都在地下。

阿尔巴尼亚法官听着，嘴张得老大老大。

在地下，带着他们知道的真相，俄罗斯法官补充道。

在问我们自己如何发现它之前，我们应该先回答这一问题：我们需要它吗？

大古拉梅托大夫充分回顾了德国人对付这个国家的策略，种种秘密条约，等等。那时候，这是最关键的；此后，就只是关于以往时代的争论了。阿尔巴尼亚成为了共产主义国家，这一历史就终结了。然而，我再重复一遍：这次晚宴包含了一个奥秘。从仿佛来自另一世界的德国上校在那里露面的那一刻起，晚宴就浸泡在了彻头彻尾的黑暗中。

黑暗吓坏了调查者。不是我们。相反：在黑暗的心脏，在这虚无中，我们将设置另一个谜。他们的谜，恰如他们的真相，我们不感兴趣。在这个谜所处的地方和地点，我们将引入我们的谜。

而现在，请好好地听我说。

*

二月二十七日那一夜晚是令人窒息的。沙乔·梅兹尼老睡不着，他试了多次，始终不行。他听说过，不出声的闪电会干扰睡眠。有那么两三次，他来到窗前，瞧着它们在监狱上空划出一道道闪光。他很久没见过如此景象了。它们简直就像假的一样，他想道。他的思想像是不听话的机械，根本就不听从他意志的摆布。避雷针的缆线坏了。雷电进入了监狱的深底，一直深入到夏妮莎洞穴。古拉梅托化为了灰烬。

他匆匆捡起扔在椅子上的厚大衣。午夜临近。他悄悄走下楼梯，出门来到街上。

内务部门的吉普车就等在路旁。阿里安·齐乌坐在车里。他们彼此轻声打了一个招呼。好一个黑夜！阿里安·齐乌说。车子费劲地爬着坡。大古拉梅托先生，我们长久地研究了你的案件。

什么？阿里安·齐乌嗓音低哑地说。

没什么。我是不是自言自语什么了？

我觉得是这样的。

大古拉梅托大夫，沙乔·梅兹尼内心深处这样叹息道。跳出这预审来说，我们认为，你是一个真诚的人和理想主义者。我们跟你一样，都是同一类型的人。同样是理想主义者，但向往着完全不同的另一种理想。幸运的是，我们相会于同一个点：民族。你坚信自己在尽力为它服务。而我们则坚信我们也是如此。大古拉梅托大夫，那我们就来看一看，到底谁有道理吧……

汽车内部的颤抖起了变化，这表明，他已经进入了城堡内城。灯实在太少，几乎照不亮高高的连拱廊底下。三十个小时以来，沙乔·梅兹尼的脑袋里，一些想法不听他意志的压抑，蠢蠢欲动，并从他嘴里反复念叨出来。

我们本来可以选择最便捷的道路。眨眼之间就判你一个刑。跟占领者合作之罪。当人民流血牺牲反对他，你却奉送他一顿晚宴，外带音乐和香槟酒。就凭如此的一种行为，到哪里都够得上挨枪子的，甚至包括在法国和英国。

我们本来可以走得更远。不过,还是回到晚宴吧。这次晚宴到底是什么?一次背叛的筵席吗?标志着德军占领的胜利?这本来就让人无法忍受了。但结果还要更糟。一次具有晚宴表象的恶行。要是那样的话,德国人自己就会惩罚他了。一种超越了所有恐怖的恐怖。我们赶超了所有人。

听到哨兵在喊:站住!然后,是监狱大门的吱呀吱呀声。一个武装者摇晃着一盏油灯,照亮了法官们的脸。然后,吉普车冲进了荒凉的院子。

我们到哪里了?对你的惩罚。好几百人听到了伴随着晚宴的音乐。枪毙你是再自然不过的事。同样,还有你妻子和女儿的流放。故事就将这样结束,在河边滩地上……但是,我们想到了别的。我们相信你这无用的理想主义者。因此,我们认定。你可以为民族做点什么。前天晚上,你对我们讲到了亲德派精英集团:梅赫迪·弗拉舍里、安东·哈拉皮神甫、爱克伦·察贝热、拉斯古施·波拉德齐、穆斯塔法·库鲁贾,假如我没弄错,还有恩斯特·科利奇。尽管他们做了或本准备做一种错误选择,他们的目的,如你自己肯定的那样,还是出于理想主义的本性。在一个糟糕的祭坛上,他们做出了牺牲,有的牺牲了自己的声望,有的则是自己的名誉,连同教士的道袍，有的还牺牲了自己的才华……大古拉梅托大夫，我们什么都不再多要求你了：做得跟他们一样吧。

车一停，所有人都摇晃了一下。

内门发出的吱呀吱呀声比刚才在外门那边更厉害。法官们静静地跟随着看守，他带他们走进长长的圆拱道。他们发现大古拉梅托蜷缩在干草堆上。他们帮他坐到桌子前，然后，叫人送上一份牛奶咖啡来给他。

谢谢，囚徒用德语说。

他得费一点时间，来恢复思维活动。

沙乔·梅兹尼也一样，很难回过神来。他的脑袋像铅一样重。他像在背诵一段烂熟于心的独白，滔滔不绝地说出了最近三十个小时中反复思索的绝大部分话语。当他说到那一句"做得跟他们一样吧！"时，他仿佛觉得，有什么东西突然在他脑子里卡死了。

在不明白的打击下，囚徒的眼神透出了更多的惊慌不安。

见鬼，法官心里说，他手翻着卷宗，但他实在不太知道要找什么。他的目光停在了一封用德语写的短信上。

看了它，你该说什么呢？他把信递给他，嘴里嘟嘟囔囔道。

囚犯伸出一只颤巍巍的手,抓住了它。

这是我的犹太同事。你这已经是第二次问我这个问题了。

沙乔·梅兹尼不知道是第几遍朗读这封信的译文了:"亲爱的同事,你近来如何?自从我来到耶路撒冷后,就没得到过你的任何消息。你怎么样?你是不是因为我的关系有了什么麻烦?求求你了,给我写信吧。拥抱你,雅科艾尔。"

见鬼,沙乔·梅兹尼再一次在心里说。这封信跟他想说的话又有什么关系?他还是第一次体验到一种如此的空白。大夫你这恶棍,你简直是在要我的命,他心中咒骂道。

做得跟他们一样吧,他说,重复着那句话,他的思路就在这里绊跤了。一时间,他用手心托住了额头。

啊,对了,他差点叫了起来。他的思路终于重归正道。说的是晚宴。当然。这是一切的出发点。谜就藏在那里。

恐怕无人能抵达它的中心。那里,黑暗比最彻底的黑色还更浓密。

他们也不能,整个共产主义阵营的调查者;当年的纳粹也不能;克劳斯·汉普夫上校也不能;就连大古拉梅托本人也不能。它悬垂于一切之上。它的根扎得很深，很深。政治制度一个个垮台，政府一个个被推翻，但是这一类的神秘中心延活下来了。约哈纳中心也是如此。连它的密谋者都不知道它的根扎在哪里。范围有多广。谋杀就是它的社会理由。还有希特勒？不排除他参与的可能。现在你都已经知道了，你就能明白了。

为你的民族做点什么事吧。

所有的共产党秘密警察部门都在盯着约哈纳。斯大林等着！大古拉梅托大夫明不明白这意味着什么？斯大林本人在等待中……

但愿大古拉梅托大夫把这一礼物送给他的国家。

或早或晚，约哈纳将露出真面目。

愿这一优先权重归阿尔巴尼亚，愿它能揭穿这个中心的真相。愿它由此成为共产主义阵营的宠儿。也成为斯大林的宠儿。

沙乔·梅兹尼说不下去了。囚徒脸上没有现出丝毫理解的迹象。法官们试图互相安慰一下，放下心来。他们用冷静而精确的词语，向大古拉梅托表明他们正期待他什么。一件很简单的事，一种允诺。换言之，一个签名。承认他属于约哈纳中心。同样，他的大学老同学弗里茨·冯·施瓦伯肯定也属于这个中心。由此，还有另一个上校，克劳斯·汉普夫。同样，小古拉梅托大夫，他，在此期间，早已经签署了……

没什么可以让眼睛睁得那么圆的……你自己就在那次著名的晚宴中说过：我不是阿尔巴尼亚，弗里茨，完全如同你不是德国……我们是别的……

你们是约哈纳的成员：犹太人、德国人、阿尔巴尼亚人、匈牙利人……你们到处都在约会。阿尔巴尼亚的那次约会只是多次约会中的一次。

不耐烦地，法官彼此打断着对方的话。

你们到处蔓延，如同死神。

犹太复国主义者约哈纳是存在的……所有人都猜测到，感觉到它的在场，尽管肉眼看不到它。只有他，古拉梅托，才有能力做到这一点：捕捉不可捕捉者。对这次晚宴提出一种解释。把这解释贴在它被包裹在其中的阴暗的虚无上。最终，让他们从这洞穴中出去……说，恶魔……

他们刚刚说出了恶魔一词，就在他们觉得戴手铐者摇头表示否定的那一刻，要不就是在此后的一瞬间，他们无法清楚地回想起来，当时也好，此后也好，都想不起来了。他们只回忆起了一声叫喊"结束了！"，这之后，沙乔·梅兹尼一把扶住他那位同志的身子，生怕自己倒下。

凌晨三点，他们下令，对囚徒施行酷刑。

*

　　拂晓时分，酷刑在继续。洞穴角落里，一些人来来往往，如同鬼影幢幢。人们听到大古拉梅托的呻吟声，跟它混杂在一起的，则是行刑者的嚎叫。领导的名字叫什么！他的化名叫什么！说！你的化名叫什么！密码！说！

　　阴影中，人们听到一根手杖碰触地面的声音。显然是瞎子维希普，他们把他带到了那里，也不知道是为什么，然后又把他带回去。

　　那些吼叫跟单弦一样短促：是谁，斯大林之后？哪里？你吗？什么时候？用毒药、射线？说！

　　一段罗姆斯的歌声不知从哪里传来，十分忧伤。沙乔·梅兹尼突然回想起那个下午，他的未婚妻把他甩了。远处飘来一段跟这一样的旋律。但是，他记不太清楚歌词了。大概是这样的内容：

　　你就那样告别了我，对我——但没有告别我的匕首……

第十二章

他觉得，他已经不是第一次梦见夏妮莎了。她显得无动于衷，高傲轻慢，特别是对待他。最终，她吞下轻蔑，把她晶莹洁白的脸转向他，说出这些词语：你在调查我吗？

沙乔·梅兹尼耸了耸肩膀。他觉得，这就是他能做得最好的，一个回答，某种程度上也包含了一个求饶（他又能如何？职责所在……），同时又是隐约的抗议：在你洞穴中进行的一次预审，并非必然意味以你为对象。

她并不显得太抱怨他。当然也不显得感激他。换了别的情况，强暴的牺牲者就要尽情发泄了：啊，法官先生，你要知道，我忍受了多大苦难啊。而她，她却停留于有所保留。

周围有不少乱哄哄的噪声，传到他耳畔的词语已不很清楚。一道门半开着，门后那些烛台照亮了来来往往的人。能听到有人说到斯大林这一名字，但他觉得，这时去问出了什么事很不合时宜。过了一会儿，这一显然性就体现了出来：斯大林同志在克里姆林宫安排了一次晚宴。记者们甚至还告诉了他这一新闻：斯大林同志……借此机会……全体共产党员都将被告知……全体人民……

夏妮莎重又出现在了来宾中。我无所谓，这于我完全一样，她对沙乔·梅兹尼说，但是我坚信，我哥哥是不会赞赏的。任何一个兄长都不会赞赏别人来调查他妹妹的被强暴。法官耸了耸肩膀。他本来想问她是不是有应邀参加斯大林同志家晚宴的请帖……对，斯大林同志，各国人民的亲爱父亲，她却说：兴许，你们从此已不再害怕我哥哥，阿里，特佩莱纳的帕夏……在我那个年代，所有人在他面前都怕得发抖……

那么可怕的一个梦，人们通过种种努力，好不容易从这样的梦中挣脱出来，而沙乔·梅兹尼却深深地陷于那梦境中，这个梦固执得有些不肯离去。当他重新睁开眼睛时，斯大林同志这个词……斯大林同志……光荣的导师……竟继续在他耳边回响着。他跳下床，一直跑到窗前，然后，打开窗扇，开得大大的。他意识到了灾难。这些词原来来自悬挂在城堡上方的大喇叭。他根本用不着仔细听清楚那些词，就已明白，一个重大的噩耗传来了。既然消息是由高音大喇叭广播的,那就不会是什么别的事。在斯大林正遭受病痛的这一悲痛时刻……

至少,还不是死亡,他想道。

当他大步流星地走在去往内务部门的路上时,他说服自己相信,他还没有从生命走向死亡。那些词语从另一方向传来,变得更为清晰。一份健康公告报告了他的病况。呼吸不足……停止……

他一眨眼工夫就穿过了内务部门的院子。阿里安·齐乌,脸色蜡黄,正在打电话。

所有的电话都占线,他说,带着一种负罪的目光。沙乔·梅兹尼没回答。因跑得太急而气喘吁吁,他一下子根本说不出话来。

有什么指令吗?他终于张得开嘴了。

地拉那的一个简短电话,来自中心的。所有人坚守各自岗位,这就是命令。没别的。

坚守各自岗位……沙乔·梅兹尼心里重复了一遍。是的,当然如此。

他相信,在阿里安·齐乌的目光中发现了一个无法破解的符号。

就没有任何别的什么啦?他问道。

一个小时以来,所有电话全占线。

头儿在办公室吗?

是的。敌人高兴得太早了。他只对我说了这一句。

你害怕吗？他突然问他。

阿里安·齐乌真不知该怎么回答了。

不。你要找什么啊！

沙乔·梅兹尼突然觉得心中涌起一股莫名的激动之浪。他实在有些克制不住，想把脑袋靠在他同事的肩上。惊慌失措中，他真想对他说：留在我身边，哦，我的兄弟。我们俩都成孤儿了。

门突然开了。是头儿。

他目光紧盯了他们一下，仿佛很惊讶地发现了他们，然后，他立即又出了门。

他们停留在沉默中，眼睛转向窗户那边。他们很快就猜出了，他们瞧的是同一个方向：军用机场。法官在那里下飞机的时刻，似乎已经是多少万年前的往事了。

正午，一个短会在分部头头的办公室召开。中心的指令始终没变：所有人坚守各自岗位。电台播送了古典音乐。两个女打字员早已热泪盈眶。

下午四点左右，沙乔·梅兹尼一下子跳了起来，脸色再难看不过了。

站起来，他冲另一位喊道。我们走吧……

去哪里？

你知道该去哪里。

没跟任何人打招呼，他们就步履踉跄地走上了前往监狱的路。一会儿，他们靴子敲打路面的声音似乎震耳欲聋，使人相信，地皮都在脚下怒吼抱怨，一会儿，它们又被悄然吞没，仿佛走在积雪之上。

在夏妮莎洞穴，他们跟以往那样，发现大古拉梅托躺在草褥上，他们进来时，他一动都没有动，然后，当他们叫唤他的名字时，他依然一动也没有动。他的脸上，受刑的痕迹十分鲜明。

你高兴了吧，唉？沙乔·梅兹尼对他说。你听到了，斯大林正在痛苦之中，你高兴了吧，垃圾！

因为走得急还在喘气，他说话都很困难。

另一位也在大喘气，说你呢，你开心了吧，是不是？

大古拉梅托的目光中有一种微弱的激昂，令法官想到，医学上的好奇心是他身上存活下去的最后一点点东西。他试图掩盖他的喘息，但是，喘息不但没有减弱，反而剧烈起来。有一点变得并非不可能了：关于呼吸不足的那些词语，医生囚徒没把它们跟斯大林的状态联系在一起，而是安到了眼前这位法官身上。

斯大林呼吸困难，你听到我说的了吗？他喊道。他窒息了，而你，你就开心了吧，唉？

囚徒没有反应。

法官的目光落到了牢房的角落,那里,古老的刑具正微微地闪着光。也不知道为什么,他突然回想起来,有一个英国收藏家,阿尔巴尼亚的朋友,愿意付一大笔英镑,希望能获得它们。

他依稀感到,阿里安·齐乌的目光也停留在同一方向。多么美好的日子,可以使用这些刑具,他想道。

连他自己都万分惊讶,他嘴里吐出来的竟是另一些话。

你是医生,古拉梅托。当有人不再能呼吸时,你是不会开心的,不是吗?他把脑袋靠近囚徒,几乎用低沉的嗓音继续道:你希望把他治好,不是吗?说!

他觉得,另一位点了点头表示同意,但他不是太确信。

大古拉梅托大夫,他以一种甜美的嗓音悄悄对他说。你有能力治好斯大林……

他身子凑得更近了,开始冲他的右耳窝喃喃轻语。只要他的一句话,预审笔录底下的一个签名,便足以完成这一奇迹。许多人认为,因犹太阴谋没被发现而引起的遗憾是这次发作的根源……因此,阴谋的公之于众应能让他起死回生……

救救斯大林,大夫!他气喘吁吁地说。

另一位法官瞧着这一场面,一副呆如木鸡的样子。

沙乔·梅兹尼开始觉得，他有些处于劣势。他的膝盖也学着嗓音的样子，开始软下来，紧接着软下来的是他的肋骨，仿佛蜡做的要化。它们再也撑不住他了。他特别渴望能拥抱囚徒，跟他一起哭个痛快。

他无法明白，他是不是正开始屈服于他，或者，很长时间以来情况是不是一直如此。他用一只颤巍巍的手，把审讯笔录递给他，惊慌失措地恳求他说：

把他救活吧！斯大林的复活比耶稣的复活还更必要……把他从死人那里救活吧！

这最后一声叫喊结果了他。

他惊恐万状的目光无法从囚徒的脸上移开。

沙乔·梅兹尼感到，跟刚才一样，古拉梅托摇了摇头。

决不！他高声喊道，用手扶住了额头，仿佛眼睛瞎了。

*

第二天，分部冷冰冰的办公室，钟点散落得令人厌烦地缓慢。时不时地，有一个人或另一个人朝小小的军用机场方向投去一瞥。他们全都意识到，他们的等待是无用的，却又无法承认这一点。

跟早上的情况正相反,电话铃响得越来越少了。不仅是各部门办公室,整个国家似乎都患了中风。阿里安·齐乌不时地去别的办公室打听消息,但每次返回时都沉默无语。指令一直不变:所有人坚守各自岗位。

说得倒是轻巧。夜里的疲劳战之后,沙乔·梅兹尼根本无法集中起精神来。飞机场的荒凉景象,以特别尖刻的方式,令他回想起最近的那个梦,意识清醒的时刻,那个梦可以被叫作"两架飞机之间的生命"。开始的那一天,他看到德国法官走下舷梯,皮夹克没有扣上,围巾的一角在风中飞舞。这是他很喜欢给出的形象,他,社会主义阵营的著名法官,为了跟踪共同的敌人,在布达佩斯、莫斯科、华沙的机场中走下跑道。他毫无困难地表现得幸福无比,而这样一种幸福感,在下面这首歌中表现得淋漓尽致:

> 我们是斯大林的孩子,
> 把热血撒遍河谷山冈,
> 直到镰刀铁锤的旗帜
> 在整个大地上高高飘扬……

从此,这个梦,作为他独有的灵感,就渐渐模糊朦胧了。那个遥远的下午,事情就是如此,那时,刚参加完一个索然无味的会议后回家,他母亲惊慌不安地把他未婚妻的信交给他。不要尝试弄个明白。不可能有什么退路。

正如他的所料,她没有再回来,而且永远也不回来了,他根本就不知道这一诀别的原因。时不时地,他总觉得,他自己逃避了现实。在家里,每次谈到那个逃亡的女人,母亲的眼睛总是默默提出这样的问题:他既然能从事最复杂的调查,轮到他寻找自己不幸的根源时,怎么竟然就束手无策了呢?

逮捕了大古拉梅托之后,当人们对他所有病人的名单做筛选时,他不但发现了自己母亲的名字,这还远远没完,他还很恶心地偶遇了他未婚妻的名字。最初一刻的迟钝之后,他仔细地证实了日期。那次就诊是在他们订婚三个月之后,他们之间第一次肉体关系的五星期之后。这是为什么?他连续好几十次地问自己。这到底出于什么理由,她又为什么要自己一个人守此秘密?

第一次讯问大古拉梅托时,他的目光不由自主地直盯着大夫的右手,那只做妇科检查的手,一直没有挪开。

他的脑子里又涌现出他未婚妻的形象,就在那个令人窒息的下午,她低垂着脑袋离开了他家,前往医院,为了一个不明不白的理由。

他怎么就绞尽脑汁也发现不了真相呢!

一个星期后,他违背纪律,想了个办法,找到了一个机会,单独见了囚徒。这是他第一次大着胆子违抗禁令,但他并不觉得自己有什么错。这只不过是一次对国家毫无损伤的小小违规。

他以一种平和的口吻对囚徒说话,提到了对某个女性嫌疑人的常规审问。说出了她的姓氏和名字后,他补充说,这是个二十四岁的年轻女子,据医院记录,她于一九五一年二月十七日下午四点三十分来医院做过检查。

囚徒眯缝起眼睛,说他已经想不起来了。

这是一个中等身材的女子,外貌普通。

另一位还是摇了摇头。

努力回想一下,大夫,沙乔·梅兹尼说,大夫则惊诧他嗓音的改变。几个星期中积累的痛苦突然一下子把他淹没,无药可医。大夫,我求求你了,他又说,一种被窒息的嗓音。我以最人性的方式来求你。她是我的未婚妻……

囚徒无动于衷。

你真想不起来了吗?当然不。这是一个谨慎的姑娘。人们不会注意到她的。再平常不过的一个人。不算太漂亮,像约尔卡·斯肯杜里或玛丽娅·克劳伊。

沙乔·梅兹尼的嗓音降低时，就变得更加冷，更有威胁。

她为什么要去你那里就诊？为什么我连一点儿都不知道？她有没有抱怨我？说！

囚徒哑口不语。

至少，我得知道她有什么问题！你听见我的话了吗：她到底有什么问题？

我不记得了。

啊，真的吗？

但是，即便我能想起来，我也不会对你说的。职业秘密。

恶魔！沙乔·梅兹尼内心深处大吼道。没良心的家伙，条顿佬！

此后，每一次讯问时，他都竭力避免去瞧囚徒的右手，跟另一人的手铐在一起的那只手。

三月三日凌晨，当他下命令对他动刑时，他走近行刑手戈勒·巴罗玛，悄悄盼咐他说：听我说，我特别想要一件玩意……那两根手指头……食指和那另一根……人们是如何称呼它来的？……你可要按规矩把它们给我修理好了……行刑人瞧着他，满脸狐疑。人身上还有别的部位更难忍痛的，头儿。我知道，我知道，他回答道。但是，我就要它们了。将它们碎为齑粉……没问

185

题，头儿。简直是小菜一碟。

他很好奇地想看到结果，尽管它带给他的安慰实在是太贫瘠了。

对他未婚妻的出走原因做了两年推测后，他根本就没想到，恰恰在伤口开始结疤的那一时刻，对两个医生的调查又把它血淋淋地捅开了。当人们把卷宗交给他时，其全球性的巨大规模实在惊得他目瞪口呆。但一种痛苦马上就钻透了他：它来得太晚了。假如它早一点落到他头上，未婚妻或许就不会抛弃他了。卷宗正好包含了他长久以来连自己都不太清楚地期待的那些：荣誉的酵母。

捷尔任斯基学校，比起任何别的机构来，本该激起他们对荣耀和漂亮女人的蔑视，实际上却悄悄煽动起了他们对女人的渴望。夜里，学生们带着罪孽的热烧频频梦见她们。头头们心知肚明，怎能不晓，但奇怪的是，他们非但不加以制止，反而公开地让学生们明白，世界将是他们的，只要他们能征服它。斯大林的孩子们将以热血染红全世界……直到让那些大教堂，甚至还有时髦的男人女人们统统跪下……

谁知道，他的未婚妻对这种冲动竟然没怎么动心。最初几次在她家吃晚餐时，当他脱下外衣露出随身携带的武器，她都并不太注意。不仅眼中没有闪耀出丝毫奇怪的光,而且一种对武器的轻蔑表情在她脸上显而易见。

假如他是个名人,那当然,一切将会是另一种样子。激起女人们的注意……就像那些身穿皮夹克、额头上有伤疤的人民警察。或者,那些很善于摆弄她们的外科大夫。假如他也一样,成了某个名人……假如我是帝国重臣的话,卡尔基奇的山里人就决不会那么胆大妄为,强暴我的妹妹,年轻的特佩莱纳的阿里会这样说。从那一天算起,他就没有过别的野心,除了要成为重臣,以图复仇。

荣誉之星只是在对沙乔·梅兹尼不再有什么用时,才在他的生存中冉冉升起。他在广播中听到新闻时,马上就感觉到了它,然后,不久,是在报纸上也刊登了那些消息时,标题用很大的字体。再后来,则是看到德国法官在一片嘈杂声中走向机场的楼站时。然后,一天天地,荣耀变得越发触手可及,就像在捷尔任斯基学校时那些狂热的夜晚那样。数十名同班同学,从柏林到乌兰巴托,对这同一份吓人的卷宗同时进行调查。但是,这一次,机会在朝他微笑,比任何一次都笑得更灿烂。成为社会主义阵营中最著名法官的梦想,从来没有像今天这样接近于实现。沙乔·梅兹尼,而立之年,阿尔巴尼亚的小法官……跟少年先锋队员,跟来自各地的代表团见面，接受采访。斯大林同志，这位就是沙乔·梅兹尼，粉碎了那个臭名昭著的约哈纳中心的法官。邀请来克里姆林宫。然后，跟斯大林单独见面，为什么不会呢，谁知道……

在他的黄粱美梦中，这一时刻总是被推到最末尾，那时，他脑子早已醉成了一摊泥。他回避着确切情节。他逃避它，而它也并不因此而带来丝毫痛苦。时不时地，另一次晚宴试图过来干扰这一次。基督的那次晚宴，也许，如他知道的那样，因为他读到过，而且还在福音书中做过记号，那是在对瓦罗什街区的神甫弗蒂教士的预审中做的。但是，比起任何其他晚宴来，他都更多地为自己展现一切之根源的那一次，大古拉梅托家的晚宴，那次晚宴期间，沙乔·梅兹尼轮流来扮演各种人，先是负责逮捕神秘来宾的人，然后是来宾本人，也即那位无所不能的死者……

*

别松手，他自言自语道。还有希望。现在是三月四日。斯大林还活着。大古拉梅托整夜地受着刑罚。他的刽子手坚信，他撑不了多一会儿就会屈服的。

白天阴沉沉的，浓云低垂，万物都染上了一道奸诈的光线。广播电台不时中断古典音乐，播送听众来信，劳工和士兵代表会的提议，祝愿他早日康复，给敌人以威胁。

报纸上刊载的诗歌中，处处都提及斯大林的呼吸不足。所有人都有一种窒息感。

大古拉梅托再次受刑。如今，法官们不等待来自任何地方的任何命令。近傍晚时分，他们重新搜查了大古拉梅托的家，这次要带走唱机和唱片。在那些唱片中，他们找到了舒伯特的《少女与死亡》，恰如诉讼笔录中提到的那样，并且在上刑过程中放来听。

为让死去的上校的预言得以实现，这一音乐，你将以不同方式来听：你还记得这句话吗？

沙乔·梅兹尼有些激动地说。另一位法官听着他，十分震惊，他那同事对福音书的痴迷把他吓坏了。

两个小时后，他们来到了医院，准备带走大古拉梅托大夫当年从德国带回来的外科手术器械，那上面全都镌刻了他姓氏的首写字母"G"。阿里安·齐乌根本不需要他同事对他解释说，大古拉梅托将从睡梦中被叫醒，遭受他自己用过的器具的折磨，好让另一个预言也实现，即他在那个梦里做出的那个预言，用自己的工具，换句话说，用自己的双手来操纵自己的器械，给自己动手术……

第十三章

噩耗近中午时分传来。在夏妮莎洞穴度过严酷的一夜后,他当时还躺在床上,衣服没有全脱,他感到母亲把手放在他肩膀上,低声呼唤着他:沙乔,沙乔。亲爱的,你醒醒……结束了……

他一下子跳下床来,像是突然发了疯,一把抓起放在床头的手枪,披上外套,大步奔下楼梯,冲到街上。

他妈的!他暗暗骂道,也不知是在冲着谁骂。他的脚步带他走向内务部门办公楼。他的脑子空荡荡的。然后他突然意识到,他原来是冲大喇叭在喊。回声不算太大,对面的高山也没有阴暗下来。我这可怜的人,他心里暗自说。

办公室里,他稍稍缓过一点劲来。同志们都在。人们拥抱每一个来到者,仿佛是在一场葬礼中。人们眼圈红红的,一言不发。拥抱阿里安·齐乌时,他再也无法控制自己,失声哭了出来。

百步远的地方,党委会驻地也发生了同样的场景。一些老战士披挂了战功勋章,因忧伤而眼睛红红的,聚集在门口。不知道从哪里冒出来的信使,匆匆钻进办公室,不一会儿后又出来,神情变得更阴郁。

午后一点,从各个学校的教室和院子里,升起了孩子们的集体哭声。很多人说:我实在忍受不了啦!然后回家关门独处。另一些人,因长期患病久卧在床,相反却渴望走出家门。

下午,人们聚集在大厅和院子里,集体收听广播电台对首都哀悼大会的转播。主持人以一种颤巍巍的嗓音,介绍了斯坎德佩广场上的情况,那里,领导人跪在死者雕像前,导师用一种激动的语气,以全体阿尔巴尼亚共产党人的名义,向他保证一种坚定不移、矢志不渝的忠诚。

通向医院的街上,人们注意到,有人正在抬几个昏厥者。门槛处,万分震惊的莱姆齐·卡达莱正挥手指点急诊室的入口。然后,抽泣之余,他讲述起某种令人悲痛的事情来,马路上看热闹的人还以为是在说刚刚传来的噩耗,但实际上,他是在叙述当年命中注定的一刻,当他刚刚赢回住宅的二层楼时,他不仅没有从激烈的赌博中抽身而退,反而把它押作赌注又投到了三层楼的竞赌中,结果当即就输了个精光。

另几条街上，到处传来一些不幸者的叫喊，他们被人揪住头发，带到内务部门来。人们指责他们在哀悼会上竟然乱笑，而不是痛哭流涕，或者至少也得唉声叹气，尽管他们高声起誓，说他们根本就没有笑，相反，他们一直像别人一样很悲伤来的，倒是找他们碴的人，毫无来由地闹笑起来。如此不愉快的遭遇，以前就发生过，没有人听他们的，打击越发变本加厉了。

开完会出来，沙乔·梅兹尼对他的朋友说，他都已站不住了，他要回家。万一有什么紧急情况，尽管来找他好了。

回家后，他倒头便睡，直睡得天昏地暗。当他苏醒时，天早已经黑了。一瞬间里，他似乎感到，自己悬在了空无之中。就如同在一个忧伤和恐惧的深渊。斯大林不在了。这样……什么都不再有了。还可能有别的什么吗？……说！

他摇了摇脑袋。突然返回他记忆中的东西是那么意外，那么残酷。他未婚妻洁白的肚皮，那么死寂，恰如她吊袜带之间的一切，还有莫大的遗憾，后悔从中品尝得实在太少。

他的胸脯难受得要命，仿佛窒息在那里的喊声比从那里爆发的喊声更撕人心肺。斯大林不再活在这世上了。这一点似乎还远远不够，大古拉梅托，他，却还始终活在世上。

恐怕无法想象还有比这更可怖的不公正了。沙乔·梅兹尼心中一阵恐慌，情不自禁地哆嗦起来。跟大古拉梅托单独待在一起。在这荒诞的世界中，跟一个恶魔面对面地单独相处。他脑子里甚至还没有产生过如此的念头。他想象着他恬不知耻的微笑：他走了，逝去了，你们亲爱的父亲，他把你们扔下了，你们所有的人，哈，哈，哈……他再一次哆嗦起来。

不，他心里说。永远不！

他步履蹒跚地走出家门。大街上荒无一人。一条小巷中，一盏汽油灯的火焰始终在飘忽摇曳，却一直不熄。内务部门大楼中已经亮了多过一半的灯。夜班值勤打量了他一眼，好像送来一种怜悯。在办公室，他看到阿里安·齐乌留给他的一张字条：我回家了；有什么事，就叫我吧。

过了一会儿，他们的靴子声就在城堡的石头路面上响起。他们彼此一句话都不说，几乎就像是，一个人的脑袋，然后则是另一人的脑袋，轮流沉入了睡梦中。

路程似乎无穷无尽，像是要穿越一片浓雾。有三次，沙乔·梅兹尼感到，另一位的鞋跟蹭出了火花，就像在孩提时代，他曾看到一匹马费力地爬石头坡路时踢出的火花。

夏妮莎洞穴的铁大门发出了呻吟般的吱呀声。他们发现大古拉梅托依然还是他们走时的老样子，躺在草褥上。沙乔·梅兹尼用靴子尖踢了踢他的膝盖：醒醒吧！斯大林死了！灯泡的苍白光线下，囚徒的脸似乎凝滞不动。凝血的斑点和条纹使他看上去像一个草草画成的假面具。

这让你发笑了，啊？

假面具不动声色。人们可以随心所欲地解释他的表情：微笑，为难，恳求，愤怒，威胁。

（得知这一噩耗时，他笑了。就在我眼皮底下。这让我怒不可遏。）

法官的目光从脸往下落，落到了他包了纱布的手上。（不，我没想到要对证据做一种掩饰。我不知道他们弄断了他的手指头。）

他什么都没说，冲阿里安·齐乌做了个手势，两人便开始往外拖这囚徒。

右手上垂下来的手铐碰到了地面，当啷一响。

另一个呢？沙乔·梅兹尼问。

谁啊？

另一个，我说的是：小古拉梅托大夫呢？

没有另一个古拉梅托。

沙乔·梅兹尼放慢了脚步。他的目光很少显得如此焦虑过。

就是说……他们不在一起已有好长一段时间了……你很清楚……

长长的圆拱顶下,他们的嗓音有些变样。他在哪里?怎么会呢?兴许在一个侧牢中。

洞穴的看守长也过来了。

他在这牢房里已经待了一段时间。他挨了年轻实习狱吏的一通揍……这你跟我一样清楚……被那些新手打的……

嗓音在穿越了几间房子后变了样。

他同样也可能被错杀,看守长补充道。你们知道,最近一段时间,这里简直乱成了一锅粥……

牢房的各个角落已彻底沉浸于黑暗中。其中一个角落里,两个亮点在移动,就像是两只猫眼睛。

"那是什么?"听到这一声问,洞穴看守长颇有些尴尬地回答:那是瞎子维希普。小伙子们闹着玩地在他眼眶上粘了两个磷光玻璃球。

他们就找不到更好的办法了吗?

一个看守在远处喃喃了几句。我相信他们已经找到了,阿里安·齐乌说。显然,他正在垂危之中,那头头说着,用手电筒照亮了一张脸。

我怎么觉得那不是他呀,沙乔·梅兹尼说。不过,反正都一样。把他跟另一个的右手铐到一起。

得在这里签个字,看守长说,嗓音中带着恳求,随手递过来一张纸。

沙乔·梅兹尼没有回答。他的双手都还占着呢。大古拉梅托大夫第一次回过神来,但他感到有另一个手腕跟他铐在一起。他看来很想说些什么,但他无法说。

怜悯怜悯我吧,可别让我丢了小命,头儿,看守长说。

法官轻蔑地打量了他一眼。

斯大林死了!你明白了吧?整个世界都翻了天啦。

我知道,看守长用戴罪的语气说。但是,我又能做什么呢,我可怜的人?规矩就是规矩。

他们站在出口附近。他们感到夜里的寒气。

在这里,看守长手指指着纸上的一处。那里写着:提解囚徒的理由。写下了:返回犯罪现场。

*

只是在多年后,大古拉梅托大夫的生命的最后时刻,才得到了某种准确的再现。除了验尸报告,以及两份预审卷宗,还有阿里安·齐乌、洞穴看守长和司机的证词可作为补充。而沙乔·梅兹尼和瞎子维希普的证词，则被认为不可接受，因为事发时他们的精神状态极端混乱。

所有材料综合起来说明，三月六日那天清早，说得更准确一点，是凌晨三点四十分，监狱的运货车，里面坐了五个人，两个囚徒，两个法官，加上司机，离开了院子，经过城堡的过道，驶上了背离城市的公路。

很长一段时间里，寂静笼罩了车内，囚犯们连一丁点儿的生命迹象都没有。后来，深夜的冷空气使得其中的一位，大古拉梅托大夫，渐渐地苏醒过来，想开口说些什么。由于牙齿全掉了，他的话让人一点儿都听不明白，因此，没有任何人注意它。另一个囚徒则一动都不动。

上了大路后，货车沿着墓地方向行驶，大古拉梅托大夫重又醒过神来。他比第一次更坚决，把他那条自由的胳膊探向墓地的墙，提了个什么要求。但是，这一次，依然无人理睬他。随后，直到汽车开到河滩上，就没发生过什么值得一说的事。

后来，专家们尽管几十次地重审了这辆私闯大路的货车中的一系列事情，却始终弄不清楚最关键的一个疑点：大古拉梅托想引起别人注意的那些尝试。所有证人都提到了他发出的叽里咕噜声，但没人能提供任何解释。

大古拉梅托意欲表达而做的三次尝试，专家只对第一次做出了阐释。看来，是因为他意识到，跟他铐在一起的那人似乎并不是人们以为的小古拉梅托。很可能，大古拉梅托大夫清醒过来后想说的第一句话是：这不是我的同事。或者：我的同行已经不在这世上了。

至于其他两次尝试，人们没找到任何解释。囚徒的一意孤行显得更醒目，几乎有些强烈，伴随有胳膊冲墓地方向挥舞的动作。简直可以说，解谜的钥匙就在这动作之中。

至于最后那些时刻，货车来到河畔，停在那个叫强盗滩的地方，所有人的证词全都一致，令人信服。司机开始动手在砾石河滩上挖掘，法官把囚徒带下了车。他们把囚徒一直带到坑边，尽管他们几乎确信，其中一个囚徒已经死了，为了不留任何疑问，他们还是朝两个人的身体连开数枪。

*

春末时节，对两个法官的法庭审理开始进行。沙乔·梅兹尼被判三个半月徒刑，阿里安·齐乌被判两个半月，两人的罪名都是滥用职权。考虑到种种客观情节，斯大林之死带来的震动，尤其是死者听闻噩耗时的怪异行为，这些都对减刑起了决定作用。因精神错乱，沙乔·梅兹尼在弗罗拉精神病院度过了他的刑期，而阿里安·齐乌待在城市拘留所，离夏妮莎洞穴不远。

这之后，两人重又进了内务部门，不过不再在预审部，而是在后勤部，更确切地说，在内衣科。

*

尸体是在四十年之后挖掘出来的，那是一九九三年的九月，共产党倒台后不久。

尸体被亲友们找到，他们依然跟被打死时一样，两个人的手铐在一起。人们得知的第一件事是，跟大古拉梅托大夫的手腕铐在一起的那人，并不是小古拉梅托大夫，而是一个陌生人，他的姓名从不为人所知。而小古拉梅托大夫，尽管人们也在不断寻找，他的尸体却从未找到。仿佛这还远远不够似的，人们发现，小古拉梅托大夫的踪迹是那么稀少，那么模糊，以至于他是死是活都弄不清楚。调查的逐步深入非但没有减少人们的疑心，反而更加剧了这一怀疑。预审笔录中，没有他的一句话，证人的叙述中就更找不到他的话了。尽管证人们往往不愿意大声说出，他们中其实倒有不少人认为，小古拉梅托大夫只不过是大古拉梅托某种无意识的寄生或投射，他周围的人，出于一些无法解释的理由，把这一投射看成是他们共同的了。

*

十五年后，二〇〇七年春天，当欧盟要求阿尔巴尼亚，同时也要求前共产主义阵营的所有国家，惩罚共产主义的罪行时，大古拉梅托大夫的卷宗又被重新打开。

连续好几个星期，另一些专家，这次是阿尔巴尼亚和欧洲的专家，一起来查阅其内容。他们很少共同投入到这样一种调查中，其对象混杂了制度根本对立的国家的许多秘密警察组织：专制王权的警察、共产党的警察、德国的盖世太保、东德的斯塔西、苏联的秘密机构，最后还有以色列的秘密机构，尽管它昙花一现。仿佛这些还不够，为了给卷宗补充再补充，除了有跟调查相关的其他一些奇文，如瞎子维希普的陈词滥调，或者那些女人讲的故事，她们被带到法官面前时早已吓得魂飞魄散，乖乖供出她们早先发誓只会带进棺材里去的秘密。除此之外，还有外科大夫的女儿的叙述，尤其还有他妻子的叙述。他妻子讲了一些只有她一个人知道的事，例如，有时候深更半夜把她丈夫折腾醒的那些噩梦，还有一些小故事，包括死者赴宴的故事，它们，他曾经告诉她过，还是他小时候晚上祖母哄他睡觉，讲给他听的呢；青年时代的种种回忆，尤其是他不该做的那两三件事，他至今还为此深深遗憾呢，最常见的则是一声叹息：啊，那一次晚宴……它不时地从他口中说出。

尽管因素众多，大古拉梅托大夫的卷宗越是复杂，似乎同时也就越是透明清澈。除了一个很短暂的时刻，一小块被浓雾笼罩的时间碎片，故事的逻辑进展似乎明白无遗。

这碎片只代表了他生命中一个极细微的片段，超不过五六分钟，但其黑暗的浓度似乎足以覆盖多年。

说的正是一九五三年三月六日清晨，更准确一些，是那五六分钟，这时候，货车已驶入大路，正沿墓地的墙前进。如同已提到的诉讼笔录证明的，大古拉梅托有过三次尝试，第一次是唯一能找到解释的一次。另两次，的的确确更为吓人，如今依然还是谜。

一九五三年三月六日破晓时分，那囚徒到底想说什么呢？到底是什么秘密的内心骚动，突然给了他这一超人的力量，竟让他差点儿挣断了镣铐？

通过翻阅卷帙浩繁的材料，调查者们不时感到，有一丝微微的光线，东一闪西一亮地闪耀。疲惫时刻中尤其如此。但他们只要集中起精力，便足以让这转瞬即逝的微光，蜷缩在它出现的地方，在浓雾之中，仿佛被过亮的光芒吓坏。

随着时间的推移，他们最终明白，这一解释，除非将来会跟某种超自然的东西联姻，与某些预审卷宗是不相符的。它总是会被这一个或另一个抛弃，恰如一个被抛弃的外来者尸体，而这，并非出于某个神秘的理由，而仅仅是因为，对于如此解释，现在还不存在相配的模子，在预审卷宗中没有，在语言本身中兴许也没有。

就这样，在那一时刻，在大古拉梅托大夫生命的最关键时刻真正发生过的事，其真相，还从来没有在任何地方重现过。

它是这样的：

一九五三年三月六日。清晨。货车离开了监狱的院子，准备出城。囚徒们沉默无语，兴许已经没有了意识。清凉的空气吹醒了其中一人，那是大古拉梅托。在一开始唠唠叨叨地抱怨把他跟一个陌生人铐在一起之后，他很可能再一次失去了知觉。过了好一会儿他又醒来，这时，车子已经在大路上，沿着墓地的墙行驶。在远处的红色曙光中，他认出了著名的瓦西里科伊墓地。他去过那里几十次，尤其是去参加他熟悉的并在手术中死在他手上的病人的下葬。但是，把他跟这墓地连接在一起还有另一个额外原因。当年，他祖母为哄他入睡，曾给他讲过死人闹误会应邀出席晚宴的故事，而他，就像别的小男孩，常常自告奋勇地充当信使角色，如故事中讲的那样，把父亲给他的请柬转给第一个见到的人。

由于他只认识瓦西里科伊这样一个墓地，他就想象自己正沿着它跑，像故事中讲到的一样。他害怕，他的心擂鼓一般狂跳，他没有继续走下去直到遇上一个路人，而是把胳膊伸进墓地的栅栏中，把请柬一扔了之。跑开时，他回头一望，刚好看到请柬落在一方白色的坟墓上。

四十年后，当汽车正沿着墓地行驶，古拉梅托有了第一个幻觉。他似乎感到，早年扔在那里的请柬，一切一切的起源，还留在那里。一种非理性的欲望攫住了他，那就是跑去把请柬从坟上再捡回来。在死神伸手拿走信笺之前，逃离时间的流向和命运的手掌。

在一阵精神的狂妄错乱中，他以为那一切是可能的，因此他呻吟不已，坐立不安，口吐白沫，他那只空出来的手指着铁栅栏，栅栏后面，那一份请柬还在泛着白光。但没有人注意到它。

过了不一会儿，他的第二个幻象产生了。现在，已经不再是六岁的大古拉梅托在那里奔跑，手里捏了一份请柬，而是另一个，曾经活过，从此死去，很久以来就躺在坟墓中。在他的一个噩梦中，他看到的自己正是这个样子。悬在他之上的,是那块大理石墓碑,上面刻着他的姓名,不远处,则是那道铁栅栏。

栅栏的空当,一只优雅的女人手,流线型的手指,戴了一枚镂花戒指,松手扔下了一份请柬。请柬忧伤地飘落,然后落在他的坟墓上。

经过了多年的宁静时光,这死人,换言之,大古拉梅托本人,受到了撼动。他感觉,对这道命令他必须服从。重新站起来,前往人们邀请他赴宴的那地方。哪里?不知道。去那个他说是认识却又不认识的女人的家,或者瓦罗什街二十二号?兴许,去赴他自己家的晚宴,以往曾经导致他灭亡的那一次。

命令就是如此,但他拒绝服从它。比刚才还更厉害,他又口吐白沫,大喊大叫,试图挣断羁绊,他发作得那么厉害,法官们见此不免有些害怕,赶紧掏出了手枪。但他根本就没停下来。跟方才一样,他试图向后转,回到坟墓上,去取回请柬,由此改变命运的进程。但是不可能了。

马利-罗比特(阿尔巴尼亚),卢加诺,巴黎,
二〇〇七年至二〇〇八年夏到冬

"蓝色东欧"译丛（部分书目）

第 一 辑

- **《石头城纪事》**（小说）
  【阿尔巴尼亚】伊斯梅尔·卡达莱 著　李玉民 译

- **《错宴》**（小说）
  【阿尔巴尼亚】伊斯梅尔·卡达莱 著　余中先 译

- **《谁带回了杜伦迪娜》**（小说）
  【阿尔巴尼亚】伊斯梅尔·卡达莱 著　邹琰 译

- **《石头世界》**（小说）
  【波兰】塔杜施·博罗夫斯基 著　杨德友 译

- **《权力之图的绘制者》**（小说）
  【罗马尼亚】加布里埃尔·基富 著　林亭、周关超 译

- **《罗马尼亚当代抒情诗选》**（诗歌）
  【罗马尼亚】卢齐安·布拉加等 著　高兴 译

第二辑

- 《我的疯狂世纪(第一部)》(传记)
  【捷克】伊凡·克里玛 著　刘宏 译

- 《我的疯狂世纪(第二部)》(传记)
  【捷克】伊凡·克里玛 著　袁观 译

- 《我的金饭碗》(小说)
  【捷克】伊凡·克里玛 著　刘星灿 译

- 《一日情人》(小说)
  【捷克】伊凡·克里玛 著　高兴、杜常婧 译

- 《终极亲密》(小说)
  【捷克】伊凡·克里玛 著　徐伟珠 译

- 《等待黑暗,等待光明》(小说)
  【捷克】伊凡·克里玛 著　杜常婧 译

- 《没有圣人,没有天使》(小说)
  【捷克】伊凡·克里玛 著　朱力安 译

- 《花园里的野蛮人》(散文)
  【波兰】兹比格涅夫·赫贝特 著　张振辉 译

- 《带马嚼子的静物画》(散文)
  【波兰】兹比格涅夫·赫贝特 著　易丽君 译

- 《海上迷宫》(散文)
  【波兰】兹比格涅夫·赫贝特 著　赵刚 译

- 《父辈书》(小说)
  【匈牙利】瓦莫什·米克罗什 著　许健 译

第 三 辑

- 《乌尔罗地》（散文）
  【波兰】切斯瓦夫·米沃什 著　韩新忠、闫文驰 译

- 《路边狗》（散文）
  【波兰】切斯瓦夫·米沃什 著　赵玮婷 译

- 《第二空间——米沃什诗选》（诗歌）
  【波兰】切斯瓦夫·米沃什 著　周伟驰 译

- 《无止境——扎加耶夫斯基诗选》（诗歌）
  【波兰】亚当·扎加耶夫斯基 著　李以亮 译

- 《捍卫热情》（散文）
  【波兰】亚当·扎加耶夫斯基 著　李以亮 译

- 《索拉里斯星》（小说）
  【波兰】斯塔尼斯瓦夫·莱姆 著　赵刚 译

- 《遗忘的梦境——查特·盖佐短篇小说精选》（小说）
  【匈牙利】查特·盖佐 著　舒荪乐 译

- 《流星——卡雷尔·恰佩克哲理小说三部曲》（小说）
  【捷克】卡雷尔·恰佩克 著　舒荪乐、蒋文惠、程淑娟 译

- 《神殿的基石——布拉加箴言录》（箴言）
  【罗马尼亚】卢齐安·布拉加 著　陆象淦 译

- 《十亿个流浪汉，或者虚无——托马斯·萨拉蒙诗选》（诗歌）
  【斯洛文尼亚】托马斯·萨拉蒙 著　高兴 译

第四辑

- 《耻辱龛》（小说）
  【阿尔巴尼亚】伊斯梅尔·卡达莱 著　吴天楚 译

- 《三孔桥》（小说）
  【阿尔巴尼亚】伊斯梅尔·卡达莱 著　施雪莹 译

- 《接班人》（小说）
  【阿尔巴尼亚】伊斯梅尔·卡达莱 著　李玉民 译

- 《绝对恐惧：致杜卞卡》（小说）
  【捷克】博胡米尔·赫拉巴尔 著　李晖 译

- 《严密监视的列车》（小说）
  【捷克】博胡米尔·赫拉巴尔 著　徐伟珠 译

- 《雪绒花的庆典》（小说）
  【捷克】博胡米尔·赫拉巴尔 著　徐伟珠 译

- 《温柔的野蛮人》（小说）
  【捷克】博胡米尔·赫拉巴尔 著　彭小航 译

- 《无常的夏天》（小说）
  【捷克】弗拉迪斯拉夫·万楚拉 著　张陟 译

- 《赫贝特诗集（上、下）》（诗歌）
  【波兰】兹比格涅夫·赫贝特 著　赵刚 译

- 《垃圾日》（小说）
  【匈牙利】马利亚什·贝拉 著　余泽民 译

第五辑

- 《壁画》（小说）
  【匈牙利】萨博·玛格达 著　舒荪乐 译

- 《鹿》（小说）
  【匈牙利】萨博·玛格达 著　余泽民 译

- 《两座城市：论流亡、历史和想象力》（散文）
  【波兰】亚当·扎加耶夫斯基 著　李以亮 译

- 《另一种美》（散文）
  【波兰】亚当·扎加耶夫斯基 著　李以亮 译

- 《思想的黄昏》（随笔）
  【罗马尼亚】埃米尔·齐奥朗 著　陆象淦 译

- 《着魔的指南》（随笔）
  【罗马尼亚】埃米尔·齐奥朗 著　陆象淦 译

- 《乌村幻影》（小说）
  【罗马尼亚】欧金·乌力卡罗 著　陆象淦 译

- 《裸浴场上的交响音乐会——罗马尼亚20世纪小说精选》（小说）
  【罗马尼亚】诺曼·马内阿等 著　高兴等 译

- 《颠倒的天堂——立陶宛新生代诗选》（诗歌）
  【立陶宛】阿纳斯·阿里舒斯卡斯等 著　远洋 译

- 《魔鬼作坊》（小说）
  【捷克】雅辛·托波尔 著　李晖 译

第六辑

- **《简短，但完整的故事》**（小说）
  【波兰】斯瓦沃米尔·姆罗热克 著　茅银辉、方晨 译

- **《三个较长的故事》**（小说）
  【波兰】斯瓦沃米尔·姆罗热克 著　茅银辉、林歆、张慧玲 译

- **《挑衅以及其他故事》**（小说）
  【阿尔巴尼亚】伊斯梅尔·卡达莱 著　李焰明 译

- **《洋偶》**（小说）
  【阿尔巴尼亚】伊斯梅尔·卡达莱 著　张雯琴 译　宋学智 审校

- **《天堂超市》**（小说）
  【匈牙利】马利亚什·贝拉 著　余泽民 译

- **《墓地情事》**（小说）
  【匈牙利】马利亚什·贝拉 著　余泽民 译

- **《蓝色阁楼里的物品》**（小说）
  【罗马尼亚】阿德里亚娜·毕特尔 著　陆象淦 译

- **《两天的世界》**（小说）
  【罗马尼亚】乔治·伯勒伊泽 著　董希骁、Mara Arion 译

- **《生活边缘的女孩》**（小说）
  【罗马尼亚】米尔恰·格尔特雷斯库 著
  张志鹏、林慧芬、陈进、李昕、高兴 译

- **《希特勒金钱》**（小说）
  【捷克】拉德卡·德内玛尔科娃 著　姜蔚茜 译

·部分书名为暂定，以出版时为准·